KB036551

우리는 초등학교만 다닌
치과의사 무용가 통역가입니다

우리는 초등학교만 다닌
치과의사 무용가 통역가 입니다

학교와 학원 없이도 남부럽지 않게 잘 자란 세 자매 이야기

김형희 지음

우리 아이들은
검정고시 출신인데요

첫째는 치과 의사로 일하며 아이를 키우는 워킹맘이고, 둘째는 독일과 한국을 오가며 활동하는 무용가다. 셋째는 지리학도이자 7개 국어에 능통한 외국어 영재다.

프로필만 보면 '대체 무슨 사교육을 받았기에 애들이 저렇게 잘 컸어?'라는 의문을 가질 수도 있겠다. 그런데 우리 아이들은 모두 초등학교만 나왔다. 심지어 둘째는 초등학교도 4학년까지만 다녔다.

둘째는 중등, 고등, 대입 검정고시 출신, 첫째와 셋째는 고등, 대입 검정고시 출신이다. 감사하게도 셋 다 이른 나이에 하고 싶은 일을 찾은 덕에 각자의 능력과 수준에 따라 외국에 나가 공부를 했고 20대부터 스스로 생활을 꾸릴 만큼 일찍 철이 들었다.

우리 아이들은 정규 교육을 받는 대신 홈스쿨링을 했다. 말이 '홈스쿨'이지 요즘 엄마들처럼 시간표를 짜거나 특별한 공부를 시키는 건 아니었다. 가고 싶은 곳에 가고, 아이들이 하고 싶다는 일을 계속 하게 하고, 책을 읽고, 춤을 추고, 엄마 아빠가 하고 있는 사회 활동에 참여시키는 것이 대부분의 하루 일과였다.

나와 남편은 '공부는 본인들이 필요성을 느낄 때 시키면 되는 것'이라는 생각이 있었다. 그래서 남들처럼 교과 진도를 나가지 않는 것에 큰 불안감이 없었는데 오히려 주변에서 그러면 안 된다고 성화였다. 특히 친정 엄마의 걱정은 말도 못했다. 아이들 공부도 안 시키고 바보로 만들고 있다고 대놓고 야단치셨다. 아마 시댁 식구들도 말리고 싶었겠지만 함부로 말하지 못한 것 같다.

어른들의 걱정과는 달리 우리는 늘 즐거웠다. 등교 시간에 맞춰 억지로 아이를 깨우지 않아도 됐고, 싫어하는 수학 공부를 강요할 필요도 없었다. 대신 아이들은 자기가 좋아하는 일을 찾아, 마음의 소리에 더 귀를 기울였다. 내가 할 일은 그저 "오늘은 뭘 할 거니?"라고 아침마다 묻는 것뿐이었다. 나는 스스로 하루하루를 계획하고 이뤄나가는 아이들이 자랑스러웠다. 주변 사람들은 우리가 별나다고 수군거렸지만 남편과 나는 우리의 방식, 아이들이 원하는 방식으로 살기로 마음먹고 한 걸음씩 나아가고 있었다.

솔직히 말하면 '정말 이러다가 잘못 되면 어떻게 하지?'하는 걱정스러운 나날도 많았다.

어느 비 오는 날 아침이었다. 또래 친구들은 학교 갈 시간에 부스스 일어난 세 아이가 긴 머리를 풀어헤치고 앉아 멍하니 창문 밖을 바라보고 있었다. 그 모습을 지켜보자니 갑자기 걱정스러운 마음이 들었다. 순간 이게 다 뭐하는 짓인가, 하는 생각에 눈물이 났다. 아이들과 내가 혹시 잘못된 길을 가고 있는 건 아닐까 덜컥 겁이 났다.

분명한 확신이 있어서 시작한 일은 아니었다. 어느 날 학교에 가기 싫다고 말하는 아이에게 억지로 "가야한다." 고 말할 명분이 없었을 뿐이다. 한 번도 해보지는 않았지만, 학교에만 맡기는 것이 아니라 우리의 방식대로 한번 해 보고 싶었고, 아이도 그러고 싶어 했다.

지금은 검정고시를 준비하고 홈스쿨링 하는 학생들이 꽤 있어서 좋은 정보도 많고 서로의 경험을 공유할 공간도 있지만, 우리 아이들이 어렸던 1990년대만 해도 검정고시 공부하는 학생은 별로 없었다. 앞으로 어떻게 될지도 모르고, 가보지 않아 미래도 보장할 수 없는 길을 스스로 방법을 찾아가며 견딜 뿐이었다.

다행히 아이들은 잘 자라주었고, 이제는 사회에서 각자의 역할을 하며 살아가고 있다.

우리 아이들에 대해 아는 주변 사람들은 나와 남편에게 홈스쿨링에 대해 자주 묻는다. 그러면 우리는 좋은 점을 이야기 해주고, 기회가 되면 몇 년이라도 시도해보라고 권한다. 하지만 그럴 때마다 아이들은 "엄마 아빠, 너무 쉽게 권유하지 마세요."라고 부탁하곤 했다. 엄마 아빠는 당사자가 아니니 잘 모를 수가 있다는 것이다. 지켜보는 입장에서는 어땠을지 모르지만 자신들은 힘들고 외로웠다고, 이제야 고백했다.

아이들의 말을 듣고 나의 경험을 책으로 남기고 싶다는 생각이 들었다. 홈스쿨링을 통해 성장한 우리 가족의 이야기가 누군가에게 꼭 필요한 조언이 될 수 있지 않을까 해서다.

책에는 나의 일방적인 기억만 담지 않으려 노력했다. 아이들의 이야기를 듣고, 나의 가장 좋은 조력자가 되어준 남편의 목소리도 함께 담았다.

예전에는 좋은 대학에 들어가 소위 '사'자 들어가는 직업을 가지는 것이 성공의 기준이었다. 우리 아이들도 그런 시대적 분위기에서 자랐다.

만약에 당시 대부분의 부모들처럼 우리에게도 아이가 한국에서 좋은 대학을 졸업하고 좋은 직장에 들어갔으면 하는 바람이 있었다면 아마도 홈스쿨링을 시작하지 못했을 것이다.

우리는 아이들이 하고 싶은 것을 하고, 좋아하는 것을 배우면서 인생을 자유롭게 살아가기를 원했다. 순간을 즐기고, 자유를 즐길 줄 아는 사람. 정해진 틀에 자기 인생을 맞추기보다 스스로 기준을 세우고 길을 만드는 어른이 되었으면 했다. 이런 목표 아래 홈스쿨링이 이뤄졌기에 우리 아이들이 지금 모습으로 살고 있는 것 같다.

　지금부터 할 우리 가족의 이야기가 답이라고는 말할 수
없다. 하지만 다양한 삶의 방향을 고민하는 부모들에게
하나의 예시는 되리라 믿는다.
　오늘도 아이의 미래를 고민하느라 밤잠을 설치는 부모
님들에게 이 책을 바친다.

저자 김형희

차례

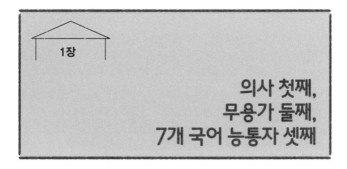

1장

의사 첫째, 무용가 둘째, 7개 국어 능통자 셋째

2장

춤추는 엄마와
조금 특별한
세 딸의 성장 일기

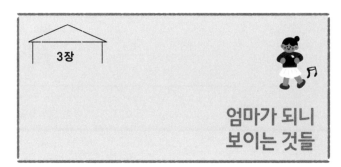

3장

엄마가 되니
보이는 것들

4장

달라도 괜찮아,
제멋대로 저답게

의사 첫째,
무용가 둘째,
7개 국어 능통자 셋째

대체 어떻게
키우셨어요?

　　　　　　　　사람들이 우리 아이들을 보
고 나에게 가장 많이 묻는 말이 이것이다.

"아니, 대체 어떻게 키우신 거예요?"

그러면 나는 답한다.

"아무것도 해준 게 없어서 아이들이 이렇게 컸어요."

빈말이 아니라 나와 남편은 아이들의 성장에 관여하지
않기 위해 무척 애를 썼다. 요즘 부모들의 가장 큰 고민이
'우리 아이에게 지금 뭘 해줘야 좋은가.'라고 하는데 나는
자신 있게 답할 수 있다. 부모가 관여하지 않을수록 아이
는 잘 자란다고 말이다.

남보다 뛰어나게 아닌, 남들과 같지 않게

아이를 키우다 보면 때때로 '혹시 우리 아이가 영재가 아닐까?' 하는 생각이 들 때가 있다. 나도 우리 아이들이 어릴 때 영재인 줄 알았다. 한때는 주변 사람들의 성화에 마음이 흔들려 영재 교육을 시킬까도 심각하게 고민했다. 하지만 과도한 경쟁으로 내모는 게 아닌가 싶어 마음을 접었다.

첫째가 초등학교 3학년 때 학교를 가기 싫어했다. 어느 날 청소를 하다가 아이가 책상 밑에 연필로 "학교 가기 싫다."라고 적어놓은 것을 보았다. 아이에게 왜 학교에 가기 싫은지 물었더니 "재미가 없다."고 답했다.

선생님 눈에도 그런 아이가 이상하게 보였나 보다. 하루는 담임선생님으로부터 전화가 왔다.

"어머니, 예은이에게 문제가 있어요."

정서적으로 불안정하고 의욕이 없다는 것이다. 순간 '뭐가 잘못된 게 아닌가?' 하는 생각에 불안감이 몰려왔지만, 섣불리 판단할 수는 없었다.

"선생님, 죄송하지만 저희 아이는 저희가 잘 압니다. 제가 아이와 한번 얘기해볼게요."

전화를 끊고 차분하게 생각해보았다.

아이가 학교생활에 흥미를 느끼지 못하는 이유가 무엇이었을까? 우리나라 교실에서 이루어지는 일방적인 가르침이 혹시 아이에게 상처를 준 건 아닐까?

첫째는 유치원에 다닐 때부터 마음에 드는 동화책이 있으면 그것만 반복해서 읽어달라고 졸랐다. 그러더니 어느 날 책에 나오는 낱말들을 기억하며 한 단어씩 쓰고, 나중에는 그냥 통째로 책을 외워 버렸다.

첫째가 5살 때 손을 잡고 길을 걸어가다가 '주차금지' 팻말을 보고 "차 세우지 마세요."라는 뜻이라고 말을 해서 깜짝 놀랐던 기억이 있다. 글자를 읽을 수는 없어도 모양으로 뜻을 알게 된 것이다. '주차금지'라고 읽는다고 알려주었더니 대중목욕탕에 있는 '서주우유' 광고판을 보고는 "엄마! '주차금지'할 때 '주'자가 여기에 있네!"라고 말해서 한 번 더 놀랐었다. 그렇게 첫째는 한글을 따로 배우지 않고 글을 깨우쳤다.

이런 말을 하면 다른 엄마들은 "어머, 영재네요!"라고 감탄하지만, 나는 그저 아이가 하고 싶은 것을 마음껏 하도록 두고, 기다렸을 뿐이다. 나의 의견을 아이에게 주입시키지 않았고, 인내심을 가지고 바라봐 주었다. 이게 뭐 그리 어려운 일인가 싶지만, 아이를 키워본 사람은 알 것이다. 아이가 하고 싶은 것을 계속 하게 내버려두는 것이 얼마나 큰 인내심을 필요로 하는 일인지 말이다.

지금 돌이켜보면 남보다 뛰어나게 보다는 남들과 같지 않게 키우고 싶은 마음이 있었던 것 같다. 그래서 아이가 관심을 가지는 것이 무엇인지 관찰했다. 첫째가 책을 좋아한다는 것을 알게 되었을 때 손 닿는 곳에 늘 책이 있는 환경을 만들어주었다. 만일 아이가 장난감을 미치도록 좋아했다면 책 대신 장난감을 주변에 두었을 것이다.

둘째가 태어나기 전까지는 첫째와 부산 광안리 앞바다에서 바다를 보며 시간을 보냈다. 어느 봄날 길을 가는데 아이가 "봄바람이 가슴속으로 들어와 마음이 춥다."고 말하는 것이었다. 넋을 잃고 한참 동안 아이를 바라봤다.

첫째는 바다를 보면서 느끼는 것을 시적으로 표현하는, 감수성이 뛰어난 아이였다. 8살 때 적은 시를 신문사에 보내 신문에 작품이 실리기도 했다. 첫째가 초등학생 때 쓴 일기에는 초등학생의 일과가 아니라 삶에 대한 성찰이 들어 있었다. 분명 학교에서 정해준 틀과는 거리가 멀었다. 하지만 나는 그런 아이를 '정해진 길'로 끌어다 앉히지 않으려고 노력했다. 내가 먼저 그림일기장 한가운데에 커다란 점 하나를 찍고 머릿속에 떠오르는 생각을 마음껏 적어보라고 했다. 그럴 때면 아이는 종일 신이 나서 자기의 생각을 이야기하기에 바빴다.

감성적이고 차분한 편이었던 첫째와 달리, 둘째는 겁이 없고 늘 자신감이 넘치는 아이다. 둘째가 초등학교 3학년 때 중국 상하이에 있는 발레학교에 입학할 기회가 생겼다. 그저 춤추고 표현하는 것이 즐거울 뿐, 외국에 나간다는 것이 어떤 의미인지도 모르는 10살 아이였다. 그런데 '춤 배우러 중국에 갈래?' 물으니 넙죽 가겠다고 했다. 아이에게 새로운 세상을 경험하게 해주고 싶었던 욕심은 있었지만, 어린아이를 혼자 타지에 보내는 것이 두려웠는데 아이가 가겠다고 하니 왠지 모를 확신이 생겼다. 그렇게 둘째는 10살 때 혼자 상하이에 가서 무용을 배우고 왔다.

주입하는 것이 아니라, 끄집어내는 일

아이들에게는 관념적인 지식을 주입하는 것이 아니라,

경험을 통해 체득하게 하는 교육이 필요하다. 그렇게 몸으로 배운 실질적인 교육이 훗날 세상에 어떤 식으로든 도움을 줄 수 있다는 것이 나의 의견이다.

교육은 아이가 가지고 있는 잠재적 능력과 소질을 밖으로 끄집어내는 활동이어야 한다. 그러려면 가르치는 것이 아니라 스스로 알게 해야 한다. 엄마가 아이에게 해줄 수 있는 최고의 교육은 스스로 배우는 능력을 길러주는 것이다. 지식을 많이 알게 하는 것이 아니라, 각자의 수준에서 스스로 지식을 찾고 생산할 줄 아는 능력을 기르는 것이 교육의 궁극적인 목표가 되어야 한다. 그래서 나는 아이들이 스스로 할 수 있는 일은 하게 두었다. 부모는 지켜보고 인내심을 가지고 기다리면 된다.

답을 알고 있어도 앞서 가지 않으려고 부단히 애썼다. 틀린 결정을 하더라도 섣불리 맞다, 틀리다 평가하지 않고 이야기를 들어주어야 한다. 잘못된 선택을 반복할 때는 옳은 선택을 하도록 길을 보여주기만 하면 된다. 그러면 아이는 스스로 방향을 잡는다.

아이들을 키우면서 더욱 확신하게 된 것이 사람의 본성에 관한 것이다. 인간은 고유의 호기심을 발현할 수 있는 환경을 만날 때 자기 능력을 최대치로 끌어낼 수 있다는 것. 그래서 부모나 선생님의 의지로 이끌기보다는 스스로 길을 찾아 선택하고, 책임지며 한 걸음씩 나아가게 하는 것이 최고의 교육이라는 것을 기억하자. 우리의 마음속에 변치 않는 진리만 살아 있다면 그 방향이 가장 옳다고 믿는다.

엄마, 초등학교
4년은 다녀야지

지금은 검정고시를 치는 학생들이 많이 생겼지만 큰딸이 한창 검정고시 공부를 하던 2000년도에는 도움받을 곳도 마땅치 않았고, 특히 사회적인 인식이 좋지 않았다. 아이가 검정고시 준비를 한다고 하면 '혹시 단체생활에 적응하지 못해서 학교를 그만둔 게 아니야?'하는 눈초리를 견딜 마음의 준비부터 해야 했다.

아이들이 자라는 내내 양가 집안에서 걱정스러운 소리를 들었다. 시댁 부모님은 조심스러워서 겉으로 표현은 잘 안 하셨지만 친정 부모님은 그야말로 나를 들들 볶으셨다. 왜 그렇게 아이를 별나게 키우냐고, 대학도 안 보낼 거냐며 성화셨다. 학교도 제대로 다니지 않은 아이들을 어느 회사에서 받아주겠냐고, 심지어는 '엄마가 돼서 애들을 바보로 만들고 있다.'는 말까지 하셨다.

내가 교육 전문가도 아니고, 특별히 자신이 있어서 시작한 일도 아니었기에 아이를 학교에 보내지 않은 것은 커다란 모험이었다. 어떤 날은 나도 모르게 불안감에 휩싸여 몰래 울기도 했다.

하지만 '학교 가지 않기'는 무엇보다 아이들이 원하는 일이었고, 나 역시 우리나라 학교의 주입식 교육과 입시 경쟁에 아이들을 내몰고 싶지 않았기에 선택을 후회하지는 않는다. 지금 아이들이 각자 개성을 살려 자기만의 인생을 살아가고 있는 것은 전형적인 한국의 입시교육을 받지 않은 덕분이라고 믿는다.

"엄마, 그래도 초등학교 4학년까지는 다녀야지!"

첫째와 둘째는 홈스쿨링을 하고 막내는 초등학교를 다

닐 때였다. 학교 갈 준비를 하던 막내가 "나도 언니들처럼 집에서 공부할래." 하니 둘째가 근엄한 표정으로 "그래도 초등학교 4학년까지는 다녀야지!" 하는 것이었다. 첫째도 맞장구를 치며 막내를 격려하고 있었다.

그 모습이 어찌나 귀엽고 사랑스럽던지, 웃음이 나는 걸 참느라 애를 먹었던 기억이 난다. 사람은 각자의 경험을 통해 답을 찾게 되니, 초등학교만 다닌 자기들 기준에서는 당연한 답이었을 것이다.

아이들을 초등학교까지 보낸 이유는 '기본 소양' 때문이었다. 첫째는 3학년 때 '학교 가기 싫다.'고 선언했다. 사회성을 기르기 위해 어린 시절 어느 정도의 단체생활은 필수이기에 학교 가기 싫다는 아이를 당장 그만두게 할 수는 없었다. 또 충동적인 말일 수도 있으니 결정에 후회가 없도록 시간을 두고 지켜봐야 했다. 그렇게 2년 간 아이를 관찰했고, 진심이었음을 알게 되었다. 우리 아이들에게 초등학교 시절은 사회성과 규칙을 배우고, 엉덩이를 붙이고 앉아 견디는 습관을 기르는 시간이었다. 학습, 즉 누군가로부터 지식을 배우는 법에 대해서도 이 시기에 배웠다. 그렇게 어느 정도 기본 소양을 갖추고 나니 홈스쿨링을 할 자신도 생겼던 것 같다.

돌아보면 본격적인 입시교육이 시작되기 전에 정규교육을 마친 것은 좋은 선택이었다. 친구들이 막 교과 공부를 하기 위해 학원을 찾기 시작할 때 즈음 첫째는 홈스쿨링을 시작했다. 둘째와 셋째는 그런 언니를 보며 각자 나름대로 생각을 정리했고, 결국 우리 아이들은 모두 초등학교까지만 정규 교육을 받았다. 그 후로는 대안학교도 다니지 않고 오로지 집에서만 시간을 보내며 스스로 시간표를 만들어 배우고 싶은 것들을 하나씩 배워나갔다.

빈 시간의 힘

우리나라 부모들은 아이가 가능한 많은 활동을 해야 적극적이고 창조적인 사람으로 성장할 수 있다고 생각하는 것 같다. 하지만 다양한 경험을 핑계로 이 학원 저 학원을 전전하며 꽉 짜인 생활을 하면 오히려 아이는 전혀 생각하지 않고 살게 된다.

나는 아이들이 먼저 제안하기 전까지는 가급적 아무것도 하지 않게 두었다. 바쁘지 않아야 생각을 많이 할 수 있고, 그래야 스스로 상상의 나래를 펼칠 수 있다. 공부할 거리나 놀 거리 등을 스스로 생각하기 위해서는 비어 있는 시간이 많아야 한다.

우리 아이들이 어른이 되어 살아갈 미래의 세계는 예측할 수 없는 다양한 상황이 전개되는 불확실성의 시대이다. 지금까지 지배해 온 시대의 문화와 가치관을 완전히 뒤엎는 새로운 관점과 새로운 의식으로 살기를 시대가 요구할 것이다. 지금까지 보지도, 듣지도 못한 낯선 문제가 삶을 어렵게 만들 것이며 지금까지 배웠던 지식은 전혀 쓸모없어질지도 모른다.

이런 불확실성의 시대를 살아갈 우리 아이들에게 요구되는 가장 큰 덕목은 '다양한 상황에 대처하는 유연한 사고력'과 '창의성'이다. 지난 수십 년의 세월이 획일화된 형태의 사고를 가진 사람에게 유리한 시대였다면, 다가올 미래는 자유로운 사고를 가진 창조적인 사람들의 시대가 될 것이다.

초등학교만 다닌 우리 아이들은 빈 시간을 자유롭게 누리며 생각하기를 즐겼다. 그렇게 각자의 재능과 관심사를 발견했다. 우리나라 학교교육의 가장 큰 한계는 '개인성을 존중하지 않는 시스템'이라고 생각한다. 이런 환경 아래서 미래형 인재가 양성될 수 있을까? 진지하게 생각해 볼 문제인 것 같다.

우리는
집으로 등교한다

아이들이 어릴 때는 무엇을 하든 그냥 두었지만, 검정고시를 준비하면서는 시간 관리가 필요해졌다. 학원에 다니지 않고 집에서 혼자 공부를 하니 계획을 잘 세우지 않으면 시간을 낭비하기 쉬웠다.

첫째는 초등학교 졸업 후 집에서 검정고시 공부를 하면서 혼자 시간표를 만들어 50분 공부하고 10분 쉬기를 실천했다. 알람이 울리면 쉬는 시간 동안 간식을 먹거나 화장실에 다녀왔다. 그리고 다시 앉아 공부를 했다.

첫째의 노트 맨 앞장에는 '예은 중학교 1학년 1반'이라고 적혀 있었다. 자기 이름을 붙인 그 학교는 실제 다니지도 않고, 다닐 수도 없었지만 그렇게라도 덜 외롭고 싶었나보다 생각했다.

사실 나는 시간에 대해서는 잘 가르치지 못했다. 열심히 배우고 시간에 맞추어 하는 것도 중요하지만, 스스로 시간 관리를 하면서 중요함을 깨닫는 것이 더 좋다고 생각했다. 해야 할 것을 알고만 있으면 그냥 알아서 할 때까지 잔소리하지 않고 두었다. 내가 아이들에게 많이 한 말 중 하나가 "네가 알아서 해."이다. 스스로 결정한 것은 스스로 실천하게 하는 것이 나의 방법이었다. 그래서 우리 아이들은 나를 '타조 엄마'라고 불렀다. 타조 무리에서는 가장 힘이 센 암컷과 수컷이 알을 품고 나머지 암컷들은 그냥 알을 낳기만 하는데, 그 타조들처럼 낳기만 하고 돌봐주지 않는다고 아이들이 붙인 별명이었다.

아이들의 말처럼 나는 다른 엄마들처럼 많이 해준 것이 없는 것 같다. 사실 할 줄 몰라서라기보다는 하지 않기 위해 엄청난 애를 썼다. 잘 알려진 유대인의 속담 중에 '물고기 한 마리를 주면 하루를 살지만, 물고기를 어떻게 잡는가를 가르쳐 주면 평생을 살 수 있다'라는 말이 있다. 자녀들에게 지식을 가르쳐 주는 것과 지식을 얻을 수 있는 방법을 가르쳐 주는 것은 많은 차이가 있다. 지식을 떠

먹이는 것이 아니라 지식을 얻는 방법을 가르쳐야 한다. 우리나라에서는 그렇지 못한 경우가 많다. 아이가 궁금해 하는 것이 있으면, 지식을 얻을 수 있는 경로를 함께 찾거나 질문과 답을 통해 차근차근 답을 얻어야 하는데, 답지를 보고 정답만 외우게 하는 식이다. 학교에서도 답을 찾는 과정보다는 정답을 맞히는 것만 중요하게 여기니, 아이들의 생각하는 능력이 발달되지 않는다.

스스로 판단하고 결정할 수 있도록

가능한 아이들을 자유롭게 키웠던 나도 엄격했던 부분이 있었는데 바로 '남의 간섭'과 '정직'이었다.

아이의 자아가 형성되는 청소년기에는 과도한 남의 간섭은 엄격히 관리해야 한다. 이 시기에는 스스로 결정하고 책임지는 연습을 통해 자기가 좋아하는 것이 무엇인지, 잘하는 것이 무엇인지 탐색해야 하는데, 다른 사람의 간섭을 무분별하게 수용하게 되면 판단력과 의지가 약해질 수 있기 때문이다. 부모의 간섭 역시 아이에게는 좋지 않은 영향을 줄 수 있다.

아이들이 검정고시를 준비할 때는 '학교 밖 아이들'에 대한 인식이 별로 좋지 않았다. 둘째의 친구 엄마는 우리 아이들이 학교에 다니지 않는다고 함께 놀지 말라 했다고 한다. 아무래도 제도권 밖에 있는 아이들은 문제아로 인식되어 있었고 자기 자녀들에게도 좋지 않은 영향을 미칠 꺼라 생각했기 때문일 것이다.

또래 친구가 별로 없다보니 아이들이 힘들어 할 때가 많았다. 가끔 초등학교 때 친구들과 만나긴 했지만 집에 오면 늘 고민을 했다. 만날 남자친구와 연예인 이야기, 시험과 성적 이야기만 하니 대화 주제를 찾을 수가 없다는 것이었다. 그러던 어느 날, 아이는 스스로 좋은 방법을 찾았다. 말이 통하고 생각이 통하면 나이와 상관없이 누구와도 친구가 될 수 있다는 사실을 깨달은 것이다. 그리하여 사귄 친구가 자기 이모뻘 되는 선생님이었다.

아이는 이 선생님과 같이 산에 다니면서 야생화 이름을 외우고 글도 쓰고 책도 읽었다. 그러면서 생태계에 대해 깊이 고민하고 자연을 살리기 위해 애썼다. 그 무렵부터 면 생리대를 만들어 직접 빨아 쓰기 시작했다. 음식을 만들어 먹어도 한 끼 맛있게 먹을 만큼만 만들어 먹었다. 요즘도 리코타 치즈, 버터, 숙성시킨 호밀 빵 등을 직접 만들기도 한다.

　많은 부모들이 아이의 장래에 대해 기대를 한다. 나 역시 "뭐가 되고 싶어?"라는 질문은 많이 했다. 다만 "무엇이 돼라."고 먼저 제안하지는 않았다. 피아노, 바이올린 등을 배우고 싶어 하면 가르쳤지만, 싫다고 하면 그만두게 했다. 대신 배우기 전에 꼭 배우고 싶은지 거듭 확인하고, 시작하면 최선을 다해 열심히 하라고 강조했다.

　유대인 부모들은 아이에게 무엇이든 무리하게 가르치려 들지 않는다고 한다. 아이의 능력이나 상상력을 무시한 지나친 요구는 오히려 해가 되기 때문이다. 그 말에 백번 공감한다. 부모가 멋대로 아이들이 소화할 수 있는 범위를 벗어난 요구를 하는 것은 오히려 아이를 질리게 할 뿐이다.

정직은 언제나 최고의 가치

　아이들이 어른을 슬쩍슬쩍 속이는 것에서 쾌감을 얻는

시기가 있는 것 같다. 우리 아이들에게도 여지없이 그런 날들이 있었는데, 일곱 살에서 여덟 살 즈음이었다.

첫째가 피아노 학원에 간다고 하고 나간 뒤에 아무래도 수상해서 동네를 둘러보았더니 놀이터에서 놀고 있었다. 학원에 가기 싫은 날이 있다는 것은 이해하지만, 이상하게도 안절부절못하며 내 눈을 피하고 있었다. 추궁을 하니 내 지갑에서 돈을 얼마 훔쳐 나온 것이었다. 그것도 처음이 아니었다. 엄마가 모르는 것 같으니 반복해서 도둑질을 했던 것이다. 그때 처음으로 아이를 심하게 체벌했다.

어릴 때부터 돈 개념에 밝았던 둘째는 더 큰 에피소드가 있다. 18만 원이라는 큰돈을 훔친 것이다. 엄마 아빠의 옷 주머니와 지갑에서 매일 돈을 조금씩 가져가 노트에 숨겨놓은 것을 첫째가 발견했다. 큰딸은 고민 끝에 나에게 말하기로 마음먹고 동생 몰래 그 돈을 어떻게 쓰는지까지 꼼꼼히 기록해 나에게 보여주었다. 큰 금액에도 놀랐지만, 사용 내역이 더 기가 막혔다. 언니 동생에게 선물을 사주고, 심지어는 자기가 용돈까지 준 것이었다. 인형 뽑기를 하거나 자잘한 학용품도 사고, 불량식품도 사 먹는 등, 훔친 돈으로 기분을 내고 있었다.

옳지 않은 일을 했을 때는 호되게 질책하는 것이 나의 육아법이었다. 당장 집으로 오라는 말에 둘째는 이미 잘못한 것을 알고 눈물 콧물 범벅이 되어 들어왔다.

"너는 돈을 훔친 도둑이야. 당장 나랑 경찰서로 가자."
"엄마, 잘못했어요. 다시는 안 그럴게요."
"어떻게 할래? 경찰서에 가서 벌을 받을래, 매를 100대 맞을래?"

아이는 울면서 100대를 맞겠다고 했다. 나는 에누리없이 회초리로 100대를 때렸고, 그 후로 다시는 돈이 사라지는 일이 없었다.

가정에서만 할 수 있는 교육

인성교육은 가정에서만 할 수 있다. 물론 학교에서도 가능하지만 지금의 우리나라 교육 환경에서는 어렵다는 생각이 든다. 학과목 공부 외에도 인간관계, 도리와 철학

등을 두루 배울 수 있어야 하는데 10살부터 입시 경쟁이 시작된다는 우리나라에서 과연 가능할까?

공부보다 중요한 것이 사람됨이다. 바르게 인사하는 습관, 예의 있게 밥 먹는 습관, 사회의 질서를 지키고 윗사람을 공경하는 마음은 부모가 아니면 가르칠 사람이 없다. 가정교육이라는 게 별다른 것은 아니고, 80퍼센트는 부모가 좋은 본보기가 되는 것이다. 나머지 20퍼센트는 잘못한 일을 했을 때 바로잡아주는 것이다.

부부 사이에는 존대어를 사용하고, 의견 충돌이 있어도 아이들 앞에서는 큰소리를 내지 않으려 노력했다. 아이에게도 마찬가지로 예의를 갖추어 대했다. 그러면서 동시에 단호한 태도를 보이면 아이는 자연스럽게 부모를 따르고 어른을 존중할 수 있게 된다.

가정은 작은 사회이다. 가정이 잘 세워져 있으면 아이는 빗나가지 않을 것이다.

세 자매가
외국어 말문을 튼 법

우리 가족이 쓰는 외국어는 영어, 독일어, 중국어, 러시아어, 일본어, 몽골어, 터키어, 히브리어 등이다. 치과 의사인 남편은 정기적으로 해외 의료 봉사를 간다. 해외에 나가면 기본적인 의사소통을 해야 하니 여러 나라의 말을 배웠고, 그런 아빠를 보며 아이들도 외국어에 대해 호기심을 갖게 되었다.

외국어를 할 수 있으면 활동 반경이 넓어진다는 것을 아이들은 잘 알고 있었다. 그래서인지 외국어 공부만큼은 서로에게 뒤질세라 열심이었다. 홈스쿨링을 할 때 아이들이 가장 즐거워했던 것은 세계지도를 보며 가고 싶은 나라를 찾는 일이었다. 각자 자기가 찍은 나라에 대해 공부하면서 그 나라의 역사와 문화, 자연환경, 지리적 조건 등을 조사했다. 그리고 그 나라의 말까지 익히고 나면 가족여행을 가자고 졸랐다.

언니를 이길 수 있는 무기

가족이 함께 중국으로 여행을 갔을 때였다. 그 여행은 둘째만 믿고 추진한 계획이었다. 어린 나이지만 웬만한 일상 회화는 할 수 있어, 여행을 하는 동안 둘째가 우리 가족의 리더였다. 둘째는 자기가 가진 재주로 가족을 인솔하는 것이 재미있었는지 신이 나서 돌아다녔다.

시내 구경을 하고 자금성에 들어갔을 때였다. 중국 전통의상을 입어보는 곳이 있었는데 첫째와 셋째가 옷을 입고 사진을 찍고 싶어 했다. 둘째에게 부탁을 했는데, 그전부터 약간 기분이 나빠 삐쳐 있던 둘째는 언니 동생의 말을 들은 체 만 체했다. 부탁 부탁을 해서 겨우 통역을 해주긴 했지만, 화가 난 큰딸은 씩씩대며 "나도 중국어 배울 거야!"라고 다짐을 했다. 가족이기 때문에 각각 관심 있는 나라를 정해 언어를 배우면 필요할 때 서로 도움이 될 것이라 생각했지만 그게 아니라는 것을 알게 되었다.

7개 언어 통달한 막내만의 비법

아이 셋을 키우다 보니, 각자의 특징이 무엇인지 자세히 관찰하게 된다. 첫째는 체계적이고, 둘째는 자유롭다. 셋째는 도전하는 데 두려움이 없다.

셋째가 초등학교 3학년 때 남편이 몽골로 장기 의료 봉사를 떠나게 되었다. 새로운 환경을 경험할 기회이기도 해서 가족이 함께 가기로 했는데, 한국에서 학교에 다니고 있던 셋째는 몽골에 있는 러시아 학교에 입학을 시켰다. 러시아어를 하나도 할 줄 모르는 상태였다. 말을 알아듣지 못해 학교 휴교일인 것도 모르고 혼자 학교에 간 적도 있었다. 상처받고 학교에 안 가겠다고 떼쓸 만도 한데 씩씩하게 잘 다녔다.

그러다가 언어 공부의 필요성을 느낀 아이가 요청을

해서 러시아인 할머니에게 과외 수업을 받았다. 시간당 1,500원 정도 수준이었다. 하루에 2시간씩, 주 5일 수업을 하면 한 달 60,000원이었다. 할머니 선생님과 그의 남편은 아이를 친손녀처럼 여기며 매일 간식을 준비해 주시기도 했다. 러시아어로 '빛'이라는 뜻의 '스비에따'라는 이름도 지어 주셨다.

언어가 늘고 학교 수업도 좀 알아들을 만할 때 봉사가 끝나고 한국으로 들어오게 되었다. 막 새로운 언어에 눈을 떠서 아쉬워하는 아이를 위해 한국에 거주하는 고려인 혹은 소수민족 사람들을 찾아 연결해주었다. 아이는 학원에서보다 저렴한 가격으로 일주일에 1번 혹은 2번 정도 러시아어 회화 수업을 할 수 있었다. 수업을 하던 선생님이 고향으로 돌아갈 일이 있으면 아이를 따라 보냈다. 우즈베키스탄 등의 나라에서 한두 달 지내고 오면 큰돈을 들이지 않고도 집중해서 언어 공부를 할 수 있었다. 아이가 열두 살이 되었을 때는 러시아어를 공부하는 대학생 언니 오빠를 자주 만나 대화할 수 있도록 했다. 언어를 잊어버리지 않도록 어떻게든 사용하게 하는 것이 주목적이었다.

독일에 유학을 가서도 언어 공부가 빨리 해결되어 학교

에 빨리 들어갔다. 어느 날 통화를 하다가 입학 허가를 받았다는 소식을 듣고 놀라 "벌써?" 하고 물었더니, "네, 어쩌다 보니 그렇게 됐어요." 한다. 요즘 해외로 유학을 가기 위해 중고등학교를 가지 않고 검정고시를 보는 아이들도 있는데, 현지에서 언어 공부, 생활 적응 등을 하려면 2~3년 정도 걸리기 때문이라고 한다. 그런데 셋째는 언어를 빨리 습득해버렸으니 대학에 일찍 입학하고 말았다. 현지 대학생들과 나이로는 한두 살 차이이지만, 동양인인데다 체구가 작은 탓에 사진을 보면 늘 삼촌, 이모들과 함께 공부하는 것 같았다.

일본어도 초등학교 때 인터넷으로 배우기 시작해 드라마와 애니메이션을 보면서 독학했다. 종종 일본인 관광객들의 가이드를 무료로 자처하기도 하는데, 식당이나 가게에 들어가면 일본 사람인 줄 알고 "어떻게 그렇게 한국말을 잘하세요?"라고 묻는단다.

어릴 때부터 외국어를 접하다 보니 다른 언어를 받아들이는 것이 어렵지 않고, 이미 뇌 구조가 언어 친화적으로 훈련이 된 것 같기도 하다. 세 아이 모두 세 가지 이상의 언어를 하는데, 한 가지 외국어만 잘 배워 놔도 다른 언어는 자연스럽게 익힐 수 있는 듯했다.

만일 정규 교과 과정을 밟았다면, 우리 아이들이 이렇게 스스로 선택한 언어를 공부하고 세계 여러 나라를 깊이 있게 들여다볼 여유가 있었을까 싶다. 나는 그저 아이들이 하고 싶다는 것을 할 수 있도록 판만 벌여줬을 뿐인데, 그 안에서 스스로 자기 길을 찾아가는 아이들이 고맙고 기특하다.

3인 3색!
달라도 너무 달라

이 세상에 정확히 똑같은 것은 없다. 태양계만 해도 태양 주위를 도는 혹성들이 모두 모양과 특성이 다르다. 그런데도 한 치의 오차 없이 정확히 궤도를 움직이며 질서를 지킨다. 지구에 사는 생명들도 각자 독특한 형태와 성질과 기능을 가지면서 조화를 이루며 병존하는 것은 정말 놀랍고 기적 같은 일이다. 우리 몸도 마찬가지. 수많은 기관과 세포가 있고 때로는 비슷한 위치와 크기와 역할을 하기도 하지만 그 고유성은 부인할 수 없다.

세상에 똑같은 사람은 없다. 일란성 쌍둥이도 서로 다

른 점이 있고, 낳은 부모도 쉽게 구별해 낸다.

나는 8남매 중 여섯 째고, 이미 고인이 된 부모님도 각각 10남매씩이었으니 친척들의 수는 엄청나다. 우리 8남매는 다 제각각이다. 성격도 외모도 경제력도 건강도 다 다른 상황이다. 그래도 한 혈육이라 싸우고 미워하다가도 결정적인 때는 돕고, 서로를 인정해준다.

너희, 한 배에서 나온 자식들 맞니?

세 딸을 키우면서 절실하게 느낀 것은 서로가 비슷하면서도 완전히 다르다는 것이다. 첫째에게 통했던 교육이 동생들에게 그대로 적용되지는 않았다. 오히려 괜히 시도했다가 서로 상처받은 적이 더 많다.

셋째는 모든 발육이 늦었는데, 특히 말을 잘 못해서 무척 걱정했었다. 두 돌이 지나도록 할 줄 아는 말이 '엄마, 아빠' 정도였다. 언어 장애가 있는 건 아닐까도 싶었다. 그러나 그런 염려도 잠깐, 어느 시점이 지나면서 엄청난 속도로 말이 터져나왔다. 남편이 한창 해외 봉사라는 미션에 빠져 있을 때 어린 시절을 보낸 터라 이 나라 저 나라를 다니다 보니, 지금은 세 딸 중 가장 다양한 언어를 구사할 줄 아는 국제인이 되어 있다.

셋째는 성격이 내성적이면서도 느긋해서 절대 서두르는 법이 없다. 남을 생각하고 돕는 일에는 손해를 감수하고라도 뛰어든다. 조금 어려운 일을 당해도 당황하지 않고 용감히 헤쳐나가는 기질도 있다. 언니들 따라 검정고시와 독일 유학의 길을 선택할 때 고민도 많았고 안쓰럽기도 했지만 지금은 온 세계를 다니며 지리학을 공부하는 데 심취해 있다. 알프스 산맥을 가고 요르단 페트라의 유적을 추적하기도 한다.

둘째는 어릴 때부터 장난감 말타기 선수였다. 손님이 오면 번개처럼 장난감 말에 올라타 자신의 주특기를 선보이곤 했는데, 칭찬해주면 더 신이 나서 구슬땀이 맺히도록 열심히 하는 아이였다. 그리고 항상 재롱을 부리며 언니와 동생을 웃게 했다. 둘째는 자기가 쇼를 기획해 언니와 동생을 연습시킨 뒤 엄마, 아빠를 위한 깜짝 이벤트를 열곤 하는, 그야말로 '타고난 무대 체질'이었다. 둘째의 천성은 전공으로 이어졌다. 나의 뒤를 이어 현대무용가의 길을 걷겠다고 선포한 것이다. 한편으로 둘째는 대단히 자존심이 강하고 감정적이어서 아주 다루기 힘들 때도 많다. 일찍 독립시키지 않았다면 나와 닮은 부분이 많아 부딪히는 일이 잦았을 것 같다.

첫째를 키우다 둘째를 보니 많은 부분에서 달랐고 너무 당황스럽기도 했다. 언니보다 잘할 수 있는 게 뭐가 있을까? 아무리 자매 지간이라도 경쟁 상대가 될 수 있을 거라는 생각이 들어 언니가 부러워할 것이 뭐가 있을까 고민을 해보니 '언어'였다. 그래서 둘째는 영어를 일찍 가르쳤고 그러다 보니 발음도 좋고 영어를 자신 있게 잘 구사했다. 영어로 말하는 것과 춤추며 매일 쇼를 하는 것을 보며 "잘한다, 잘한다!"라고 한껏 칭찬해주었다. 그러자 자신감도 생기고 언니와는 다른 장점을 가지게 되었다.

첫째는 차분하고도 용감하다. 그런데 하기 싫은 일은 절대 하지 않고, 환경의 변화에 예민하며 분위기를 잘 타고 즐기는 것이 나와 똑같다. 좋아하는 옷, 음식, 분위기도 비슷해서 같이 있으면 한 몸 같은 느낌이다. 똑똑하고 야무진 성격이라 단체생활에서도 칭찬을 받지만 다른 사람을 너그럽게 포용하는 넓은 마음도 있는 것 같다.

첫째는 아빠를 잘 따라서 어릴 때부터 병원에서 놀았다. 말과 글도 빨리 익히더니 붙임성까지 좋아서 대기실

에 있는 환자들에게 태연하게 가서 자기가 좋아하는 동화
책을 읽어 달라기도 했다. 또 아빠와 함께 의료 봉사를 자
주 갔었기에 그 필요성과 의미와 재미를 알고 일찍부터
'의사'라는 목표를 정했다. 독일 유학 후 한국에서 면허를
받기 위해 숱한 절차를 거치며 어려움을 겪었는데, 어렵
사리 준비하고 인정받은 모든 자료들을 후배들에게 아낌
없이 나눠주는 모습을 보면서 딸의 마음이 넓고 착하다는
생각이 든다.

첫째에게는 통했는데, 둘째에게는 안 먹힌다?!

부모는 아이가 무엇을 좋아하는지, 어떤 기질을 타고났
는지 주의 깊게 관찰해야 한다. 순한 아이, 까다로운 아이,
더딘 아이. 세 명의 우리 아이들은 제각기 다른 기질을 타
고났다. 개인적인 기질 특성을 존중받으면서 사회생활을
하고 한 가정을 꾸릴 수 있다면 그것이 가장 행복한 인생
이 아닐까. 그래서 부모가 아이에게 관심을 가지고 양육
방식을 조절하는 것은 매우 중요하다.

큰딸이 돌이 지난 후 고집을 피우며 원하는 대로 되지 않으면 울면서 토하기까지 했다. 처음에는 놀라 모든 요구를 다 들어주고 하다가 이렇게는 안 되겠다 싶어 그다음부터는 "토하기만 해봐라!"라고 먼저 선수를 쳤다. 합당하지 않은 요구는 들어주지 않았고 이유 없이 울고 떼를 쓸 때는 그냥 내버려뒀다. 다 울고 나면 왜 울었는지를 묻고 아이 입으로 직접 운 이유를 말하게 했다. 그다음에는 '그래서 슬펐구나.'하며 마음을 위로해주고 휴지를 주면서 눈물을 스스로 닦게 했다.

둘째는 사람들 앞에 나서기를 좋아하고 뭐든 마음대로 지어내는 것을 좋아했다. 가족들에게 자기가 만들어낸 말을 하면 못 알아들어 계속 "뭐라고? 뭐라고?"해도 능청스럽게 자기 말만 했다. 만 3세 때 즈음이었을 것이다. 식사 시간에 식탁 앞에 앉아 "칼랴 칼랴!" 하면서 무언가를 가리킨다. 가족들은 식탁 위에 있는 물건을 하나씩 가리키며 "이거? 이거?" 하고 물어야 했다. 칼랴는 '포크'였다. 그 후로 얼마 간은 우리 집에서 포크를 '칼랴'라고 불렀다. 어느 날은 밖에서 나를 발견하고 저 멀리서 "낄랄로, 낄랄로!" 하면서 달려왔다. 무슨 뜻인가 해서 어리둥절해 있으니 아이가 다가와 나를 꽉 안았다. 알고 보니 '낄랄로'는 안아달라는 뜻이었다. 다른 엄마들이었다면 "다 큰 애가 왜 이상한 말을 해?" 하고 타박했을지도 모르겠다. 하지만 우리 가족은 아이의 놀이에 즐겁게 동조하고, 심지어 함께 사용하면서 재미있게 놀았다.

하루는 초등학교 2학년 큰딸이 신문에 적힌 '날치기 통과'라는 말을 보면서 "아빠, 날치기 통과가 뭐예요?" 하니 둘째가 "언니는 그것도 몰라?" 해서 다들 감탄하고 있는데 난데없이 "톰과 제리잖아!"라고 하여 모두 포복절도한 일도 있었다. 말도 안 되는 의견을 뻔뻔하고도 당당하게 주장하는 그 근거 없는 자신감은 둘째만의 개성이었다.

둘째는 말하는 것을 좋아하고 귀엽고 시끄럽고 놀기를 좋아했다. 그런데 유치원 다닐 때는 아침마다 옷 때문에 매일이 전쟁이었다. 자기가 좋아하는 스타일이 있어서 조금이라도 마음에 들지 않으면 아침마다 짜증을 내고 울었다. 마음속으로는 부글부글 화가 끓었지만 아이의 기분에 따라 엄마의 감정도 좌지우지되면 안 된다는 생각에 기도하는 마음으로 마음을 다스렸다.

까다로운 성격 때문에 우울해져 자녀에게 화를 내고 날카롭게 반응하면 아이의 정서에 부정적인 영향을 미칠 가능성이 높다. 둘째를 키우면서 아이의 개인적인 기질 특성을 존중해 주면서도 명확한 기준을 가지고 행동을 통제하는 융통성이 필요하다는 것을 배웠다.

셋째는 더딘 아이다. 조용하고 말이 없고 느리고 절대로 서두르지 않아 답답하기도 했다. 지각도 잘하고 늘 여유를 부리는 아이다. 아무리 다그쳐도 절대로 바뀌지 않았다. 같이 나갈 준비를 하면 숨이 넘어갈 정도로 늦다. 박물관이나 유적지에 가면 표지판 내용을 다 읽고 지나가야 하고, 인터넷 검색보다 책을 찾아 배우는 것을 선호한다. 그야말로 디지털 시대에 아날로그로 살아가는 아이다. 한편으로는 자연환경에 관심이 많고 어릴 때부터 삼국지나 역사서 읽기를 좋아했다. 비판 의식도 있어 이익과 현실을 넘어 사회적 영향을 생각하며 행동한다. 지구 온난화를 걱정하면서 철저하게 환경 보호를 실천하는 것도 막내다. 셋째는 누가 뭐라고 해도 자신만의 기준을 지키며 사는 아이다.

우리 가족을 살펴보면 나와 남편, 아이들은 모두 다른 기질을 타고났다. 이런 것을 보면서 자녀는 부모의 성격이나 기질을 닮을 것이라는 생각은 어쩌면 착각일 수도 있다는 생각이 든다. 나와는 다른 아이를 대할 때, 부모는 어떤 태도를 취해야 할까? 권위를 잃지 않으면서도 융통성 있게 아이를 대하고, 엄격하면서도 자율성을 보장하는 자세를 취해야 할 것이다.

'우리 아이는 이렇게 키워야지' 정해 놓고 시작하는 것이 아니라, 키우면서 방향을 찾아가야 한다. 아이가 먼저 하고 싶은 것을 말한다면, 최대한 들어주는 것이 좋다고 생각한다. 부모의 가치관이나 앞선 형제를 기준으로 삼는 것이 아니라, 각자의 개성을 인정하고 아이가 하고 싶은 것을 마음껏 하게 하는 것이 중요하다.

집에서만 할 수 있는
진짜 조기교육

지난 크리스마스 이브 날, 둘째는 종일 쿠키를 구워 이웃집 현관문에 걸어두었다. 그리고 크리스마스 밤에는 아코디언을 어깨에 메고 아빠와 함께 캐롤송 연주를 다녔다. 작은 정성이었지만 연말에 이웃과 사랑을 나누기에는 충분한 이벤트였다. 사람들을 기분 좋게 하는 이런 소소한 행동들은 가족이나 주변 사람들을 보고 스스로 배운 것이다.

자녀교육의 목표는 성공이 아니라 아이가 독립된 인간으로 성장할 수 있도록 지원하는 것이다. 그래서 나는 조기교육도 학과 공부가 아니라 어떤 환경에서든 살아남을 수 있는 독립성과 생존력을 길러주는 것이 되어야 한다고 생각한다.

아이와 비슷한 또래의 아이들이 무엇을 배우면 따라 배우게 하고, 아무것도 하지 않으면 뭔가 뒤떨어진 느낌이 들어서 불안해하는 부모들이 많다. 하지만 아이들 각자는 감당할 수 있는 학습량이 있다. 아이의 연령이나 수준을 고려하지 않고 과도한 학습을 하면 오히려 공부에 흥미를 잃고 멀어질 수도 있다.

요즘 아이들이 학원에 다니는 것을 보면 어떻게 감당하는지 놀랍다. 부모들이 자기 자식을 전부 영재라고 여기는 것만 같다. 부모는 공부를 하지 않으면서 아이들은 여기저기 비싼 학원에 보낸다. 부모의 경제력이 따라주지 못해 힘이 들더라도 아이들에게 투자를 한다. "열심히 해서 훌륭한 사람이 되어야지." "넌 나의 미래야." 같은 말을 하면서 열심히 공부를 시킨다.

조기교육이 중요하고 어릴 때부터 공부하는 습관을 들여야 한다는 점은 절대 공감한다. 하지만 무엇이든 과하면 해가 되는 법이다. 중요한 것은 균형이다. 아이들이 지치지 않고 능력이 되는 한도에서 시켜야 한다.

조기교육은 지식을 가르치고 실력을 키우는 것이 아니라, 좋은 습관을 들이는 것이어야 한다. 주변을 보면 운동이나 음악, 책읽기 등 평생 습관처럼 가져가야 하는 일들을 조기교육이랍시고 주입시키는 엄마들이 많은 것 같다. 물론 기본은 가르쳐야 한다. 하지만 아이들이 가벼운 마음으로 즐기면서 그 안에서 자기가 좋아하는 것을 찾을 수 있도록 환경을 조성하는 것이 최선의 조기교육이라고 생각한다.

　책 읽어라, 독후감 써라 강요하지 않았어도 동네 도서관에 있는 책은 모조리 읽어치울 정도로 어릴 때부터 책을 좋아했던 첫째는 시 쓰는 의사가 되었고, 가만히 앉아 책 읽는 것보다는 몸을 움직이고 감정을 표현하는 것을 좋아했던 둘째는 무용수, 안무가가 되었다. 셋째는 언니들을 따라다니면서 책 읽는 것도 춤추는 것도 이것저것 잘 따라하고 다방면으로 관심을 가지고 있었다. 하나에 푹 빠지는 것이 아니라 두루두루 좋아하고, 살피던 셋째는 자연과 역사와 사람을 공부하는 사회과학도가 되었다.

만일 책 읽기를 즐거워하지 않는 둘째에게 독서를 강요하고, 도서관에 있는 것을 좋아하는 첫째에게 신체 활동이나 음악을 가르치려 애썼다면 어땠을까? 또 셋째에게 주위가 산만하다며 하나만 열심히 하라고 강요했다면 어땠을까?

조기유학, 괜찮을까요?

조기교육도 문제이지만 조기유학도 문제이다. '기러기 아빠'가 유행어가 된 적이 있었다. 공부를 이유로 엄마와 아이는 타지로 떠난다. 아빠는 열심히 돈을 벌어 학비와 생활비를 보낸다. 아빠가 '돈 버는 기계'로 전락하는 순간이다. 아빠와 자녀들은 점점 멀어지고 방학 때나 가끔 만나면 어색해 어쩔 줄 모른다. 조금 친해지려면 또 이별이다. 가족의 더 나은 미래를 위한 선택은 결국 가족 해체의 원인이 되고 만다.

꼭 유학을 가야 하는 경우도 있지만, 유행 따라 이유 없이 가는 경우도 있다. 집안 사정이 넉넉한 사람들은 아이가 한국에서 성적이 잘 나오지 않으면 외국으로 조기유학을 보내기도 한다. 가치관이 정립되어 있고, 분명한 목표가 있다면 반대할 이유가 없지만 부모의 의지에 따라 떠난 조기유학은 실패하는 경우가 많다.

만일 아이가 스스로 유학을 결정했어도 부모는 신중해야 한다. 특히 가정에서 충분한 대화와 생활 습관 훈련을 통해 타성에 흔들리지 않고 주체적으로 생활할 수 있도록 교육시켜 내보내는 게 중요하다. 부모는 기본적으로 아이를 지켜보는 '관찰자' 역할이어야 하지만, 이때만큼은 적극적으로 개입하여 카리스마 있게 이끌어야 한다.

참고하면 좋을 독일의 교육

1919년에 독일에서 시작된 '발도르프 교육(Waldorf education)'은 공장에서 제품을 생산해내듯 규격화된 공교육에 이의를 제기한다. 발도르프 교육의 특징 중 하나가 교실에 컴퓨터나 시청각 자재가 없다는 점이다. 교장, 교감이 없고 담임선생님이 8년 동안 바뀌지 않는다. 성적표가 없고, 교과서도 없다. 대신 주기적으로 한 가지 주제에만 집중하는 '몰입' 시간이 있다. 옷 만들기, 빵 만들기, 텃밭 가꾸기 등 여러 가지 실용적인 과목들을 전 학년에 걸쳐 배운다. 다양한 형태의 체험을 함으로써 자신이 즐겁게 할 수 있는 일이 무엇인지 고민하고, 직업 세계를 이해할 수 있다.

개인의 특성을 최대한 반영하고, 스스로 자신의 생활을 계획한다는 점에서 발도르프 교육은 우리나라 공교육에 많은 시사점을 준다. 특히 발도르프 교육법을 채택한 학교에서 시행하는 예술교육인 '오이리트미(Eurythmie)'는 점점 개인화되고 있는 우리나라 아이들에게 꼭 필요한 교육이 아닐까 한다.

언어, 음악, 무용 등 예술교육의 가치는 내면의 경험을 바깥으로 표현하는 것이다. 그래서 오이리트미를 통해 아이들은 세계와 내가 하나 되는 일체감을 경험하게 된다. 더불어 주변 사람들을 살피며 전체가 조화를 이루도록 움직임을 만들어내는 활동을 통해 경쟁보다는 협동과 조화의 가치를 체득하게 된다.

이런 교육을 받으며 자란 아이들은 공부와 성적밖에 모르는 아이들과는 다른 정서를 가지지 않을까? 안타깝게도 우리 교육 현장에서는 일상의 다양한 것들을 가르치려 하지도, 알려고 하지도 않는다. 잠잘 시간도 없다며 오로지 공부 생각만 하는 우리 아이들은 정작 살아가면서 꼭 필요한 지식은 학교에서 배우지 못하고 졸업을 한다.

내 자식들은 똑똑해야 한다는 생각에, 혹은 나보다는 좀 더 나은 삶을 살아야 한다는 생각에 조기교육에 집착하는 부모들이 많이 있다. 단지 남들보다 앞서기 위해 지금 꼭 해야 할 일들을 저버리고 후회하지 말았으면 좋겠다. 자녀가 공부를 잘해서 명문대에 진학해 좋은 직업을 가지고 살기 위해서는 먼저 아이들이 스스로 설 수 있어야 한다.

독립적으로 사고하고 학습할 수 있는 능력을 키워주는 것이 진정한 조기교육이다. 그렇게 아이들이 각자 개성을 발견해 그것을 키워나갈 수 있는 교육 환경을 만들어야 할 것이다.

예술로
세계를 넓히다

우리나라는 예술에 대한 선입견이 있다. '먹고살기 힘들다'는 것이다. 재능이 있고, 하고 싶어도 진로 때문에 포기하는 경우가 많다. 부모도 아이가 어릴 때는 음악, 미술, 무용 등 다양한 예술분야를 접하게 하지만, 막상 그 길을 걷겠다고 하면 그만 접고 교과 공부에만 몰두하게 한다. 예술을 그 자체로 가치 있게 생각하기보다는 성적을 잘 받아야 하는 교과목 중 하나라고 여기기 때문이다.

예술교육의 목적은 기술의 습득이 아니다. 다양한 체험을 통해 삶의 질을 향상시키고, 지식과 감성을 갖춘 인격

체로 성장하도록 정서적인 토양을 마련하는 것이다. 예술
교육을 통해 체득하는 순간순간의 경험들은 삶 전반에 폭
넓게 작용한다.

예술로 '왜?'를 탐구하다

"과학자로 키우고 싶으면 예술을 가르치고, 예술가로
키우고 싶으면 과학을 가르쳐라."라는 말이 있다. 예술교
육을 통해 길러지는 상상력과 창의력은 모든 학문과 밀접
하게 연결된다. 그래서 아이들의 일상에서 예술을 늘 발
견하고 누릴 수 있도록 해야 한다.

예술교육은 '왜?'를 찾고 표현하는 과정이다. 그래서 예
술교육을 할 때는 '잘 표현하는 기술'만 알려주는 것이 아
니라, 어떤 이유에서 이러한 표현을 하게 되었는지까지
생각하고 설명하도록 해야 한다.

아이들에게 '가족을 위한 공연을 준비하자'는 과제를
낸 적이 있다. 첫째 10살, 둘째 6살, 셋째 3살 때였다. 춤
에 재능이 있고 활발한 둘째가 앞장서서 공연의 주제를

잡고, 연출과 각본까지 짜서 언니와 동생을 무대로 이끌었다. 레퍼토리도 다양했다. 연극, 무용, 헤어쇼, 패션쇼 등 상상력을 동원하여 15분 정도의 작품을 만들어냈다. 무대는 집안의 거실, 관객은 엄마와 아빠 둘뿐이었지만 아이들은 신이 나서 매일 새로운 공연을 만들어냈다. 공연이 끝나면 마치 디자이너가 쇼를 리뷰하듯 자신들의 공연에 대해 설명했다. 나는 그런 아이들의 모습을 비디오로 찍어서 보여주었다.

예술을 통해 아이들은 주어진 것을 넘어 생각하는 연습을 하고, 창의력과 상상력이 무한히 펼쳐지는 순간을 경험한다. 또 자신의 감정을 인식하고 표현하는 기회도 가질 수 있다. 신체 활동, 악기 연주, 그리기 등 다양한 활동을 통해 세상을 바라보는 방법은 다양하며, 표현하는 방법도 무한히 많다는 것을 인지하게 된다. 때로는 숨어 있던 재능을 발견하기도 한다.

2007년에 국제 교류 센터의 지원을 받아 네덜란드에 공연을 가게 되었는데, 그곳에서 감동받은 예술교육 사례가 있다. 어린이를 위한 '원더랜드'라는 즉흥 춤 공연이었다. 1시간 정도 라이브 음악에 맞춰 무용수들이 관객과 함께 무대를 채우는 시간이었는데, 정해진 각본 없이 이루어지는 즉흥 무대였다. 사실 나는 큰 기대를 하지 않았다. 우리나라에서 이미 여러 번의 청소년 예술 프로그램을 진행해 본 터라 분위기가 어느 정도 예상되었기 때문이다.

그런데 나의 예상은 보기 좋게 빗나갔다. 공연 시간이 가까워지니 부모가 아이들을 데리고 조용히 공연장에 앉아 기다리고 있는데 그 모습부터가 낯설었다. 그 자리에 있는 2살부터 10살의 어린아이들은 이미 예술을 즐기는 법을 알고 있었다. 집중해서 공연을 보고, 나름대로 머릿속으로 상상을 하고, 표현하고 싶은 것이 있으면 주저 없이 무대로 나와 무용수들과 함께 춤을 췄다. 무용수들은 대본이나 주제도 없이, 순간순간 관객과의 교감을 통해 움직임을 만들고, 상황을 만들고, 스토리를 만들어 몸으로 소통하고 있었다. 어쩔 줄 몰라 하는 아이들이 있으면 무용수들이 자연스럽게 방향을 잡아주고, 새로운 주제를 던지기도 하면서 감동을 주었다.

나는 한국에 돌아가면 이 프로젝트를 해보겠다고 마음먹었고, '콩나무 놀이터'라는 어린이 즉흥 공연을 기획했다. 매달 마지막 주 토요일마다 무용단 스튜디오에서 진행된 이 예술교육의 서두에는 늘 부모님들에게 당부의 말을 하는 시간이 있었다. 아이들이 보다가 자연스럽게 무대로 나가면 붙잡지 말고 아이들이 하고 싶은 대로 두라는 것이 요지였다. 아직까지 주입식 교육에 익숙한 엄마들은 처음에는 어리둥절해 했지만 어느 순간 교육의 취지를 이해하고 적극적으로 동조했다. 주체할 수 없을 만큼 흥이 올라 정신없이 춤을 추는 아이를 보며 놀라는 엄마들도 많았다. 이런 참여형 예술교육을 받다 보면 나와 주변 사람들의 움직임을 읽게 되고, 상황 판단력이 길러진다. 상상력과 표현력이 풍부해지는 것은 물론이고, 자신감도 생긴다.

그래도 우리 아이는 시키고 싶지 않아서

이렇게 예술가와 예술교육의 역할에 대해 잘 알고 있는 나지만, 때로 이율배반적인 모습을 보이기도 했다. 둘째가 춤을 추고 싶다고 할 때, 나는 반대를 했다. 많은 부모들이 자신의 직업을 물려주고 싶지 않아한다던데, 나도 그런 사람 중 하나였나 보다. 예술 하는 즐거움과 예술의 필요성에 대해서는 동조하지만, 그것이 일이 되었을 때의 힘듦도 잘 알기에 직업으로 삼는 것에는 반대했던 것 같다. 그런 나를 번쩍 뜨이게 한 말이 있었으니, 둘째의 "엄마, 말과 행동이 일치해야죠."라는 일침이었다. 사실 아이의 빛나는 눈빛과 열정을 보면서 이미 내가 가로막을 수 없는 상황임을 마음속으로는 알고 있었다.

그 무렵 내가 진행하던 프로젝트가 있었는데, 왠지 모르게 꽉 막혀 앞으로 나아갈 수가 없었다. 가만 생각해보니, 둘째 말대로 내가 표리부동한 모습을 보이면서 좋은 예술 작품이 나올 수 없었던 것이다. 예술은 삶이다. 우리의 삶이 녹아 있는 것이 예술이고, 예술가의 가치관이 그대로 드러나는 것이 작품이다. 정직한 가치관, 건전한 생각을 겉으로 표현해내는 것이 예술이기 때문에 내 마음의 상태가 중요하다. 감성을 열고, 감각을 느끼고, 이 시대에 꼭 필요한 말은 할 수 있어야 좋은 예술가라는 것을 그때 다시 한 번 느꼈다.

둘째는 춤을 전공했지만 막내는 악기를 배웠다. 학교에 다닐 때 방과후 수업에서 전통 악기인 향비파를, 검정고시를 준비하는 동안 드럼과 클래식 기타를 배워 지금도 가족들 앞에서 종종 연주한다.

예술을 아는 삶과 모르는 삶의 차이

예술은 눈에 보이지 않는 것을 보고 느끼게 해준다. 그래서 어린이 예술교육을 하다보면 겉으로는 드러나지 않았던 아이의 성향, 성격, 정서가 파악된다. 몸은 정직하고 진솔하다. 그룹 활동을 통해 나타나는 행동을 보면서 아이의 잘못된 태도와 행동을 바로잡을 수 있고, 자기의 몸을 좀 더 사랑할 수 있게 도와줄 수 있다.

예술은 누구나 할 수 있다. 그런데 우리나라에서는 그렇지 않은 것 같다. 온 신경이 시험 점수에만 몰려 있으니 시험보지 않는 과목은 '집중을 흐리는 것'으로 치부된다. 참 안타까운 일이다. 세계적인 리더 중에는 예술에 조예가 깊은 사람들이 많다. 악기도 한두 개 정도는 다룰 줄 안다. 그런 다양한 관심사와 활동이 유연한 사고를 가능하게 하고, 네트워킹의 기회도 넓혀준다. 그런데 우리나라의 리더들 중에는 재미있고 우아하게 놀줄 아는 사람이 없는 것 같다. 노래나 악기 연주, 춤 등 예술 활동을 즐기는 사람이 거의 없다는 뜻이다.

우리도 예술교육을 통해 아이들의 경험을 넓혀줄 수 있

었으면 좋겠다. 어릴 때부터 감정과 생각을 표현하는 연습을 하고 그것을 존중하는 환경이 조성된다면, 인성교육이 필요 없어지지 않을까. 조심스레 생각해본다.

책임지는
연습

인생을 살면서 수없이 많은 선택을 한다. 출근할 때 버스를 탈까 지하철을 탈까 하는 것부터 공부, 일, 배우자까지. 삶은 선택과 결정의 연속이다. 그런데 '결정 장애'라는 말이 일상적으로 쓰일 만큼 스스로 선택하고 결정하는 것에 어려움을 토로하는 사람들이 많다. 심지어 리더의 자리에서 결정을 하고 책임져야 하는 사람들마저 이런 증상을 보인다. 이쯤 되면 개인의 문제로 보기만은 어렵다. 우리 사회에 이런 문제가 나타난 이유가 무엇일까? 나는 뭐든 한발 앞서 나가는 부모들의 양육 태도에 원인이 있다고 본다.

부모에게 필요한 기다리는 자세

아이들을 키우면서 사소한 것부터 인생의 계획까지 스스로 결정하고 결정한 것에 대한 책임은 꼭 지도록 했다. 우리 아이들도 처음에는 엄마가 대신 결정해주고, 시키는 대로 하는 게 당연하다고 생각했다. 하지만 작은 것부터 "네가 선택해."라고 단호하게 말하면서 스스로 결정하도록 기다려주니 점점 자신의 의사를 표현하는 것이 자연스러워졌다.

아이 스스로 결정하는 습관을 들이려면 부모도 훈련이 필요하다. 선택의 결과를 뻔히 알고 있어도 참고 기다려야 한다. 실패하더라도 자신의 선택과 결정에 따르는 일을 경험하게 하는 게 중요하다.

아직 충분한 판단력을 갖추지 못한 아이에게 "네가 알아서 해."라고 하는 것이 너무 무책임하지 않냐고 생각할 수도 있을 것이다. 그러나 부모의 기다림을 통해 아이는 스스로 절망이나 좌절을 극복할 수 있다. 때로는 문제 해결책까지 고민하기도 한다. 이것은 꽤 효과적인 리더십 훈련이기도 하다.

부모는 아이에게 가장 든든한 배경이 될 것

나의 경험에 비춰볼 때 교육은 아이가 스스로 주도적으로 결정해야만 효과가 있었다. 홈스쿨링, 중국 유학, 독일 유학, 결혼, 모든 것들이 스스로 결정하고 책임을 진 것이었다. 아이들이 어릴 때였기에 큰 틀 안에서 몇 가지의 보기를 주고 그 안에서 선택하게 했다. 이런 방식에 따라 시도한 것이 둘째가 10살 때 떠난 중국 유학이었다.

돌아보면 어떻게 그 어린 나이에 혼자 외국에 보낼 수 있었는지 아찔하다. 어린 아이가 뭘 안다고 덜컥 외국에 가서 공부하겠다고 했었는지 그것도 대단하고, 그 말을 그대로 믿고 아이를 내보낸 나와 남편의 믿음 역시 대단했던 것 같다.

아이들이 검정고시를 보기로 결정을 하고서도 불안한 마음은 늘 있었다. '혹시 잘못되면 어쩌지?' 하는 두려움과 주변의 시선, 잡음들이 계속 우리를 흔들었기 때문이다. 타성에 흔들리지 않기 위해서는 객관적인 근거와 주관적인 확신을 가지고 있어야 한다. 즉, 아이에게만 결정과 책임을 넘기는 것이 아니라 부모가 든든한 뒷배가 되어주어야 한다는 것이다.

주변 사람들의 말을 들어보면 이말 저말 다 맞는 것 같다. 그렇게 부모가 마음이 싱숭생숭하면 아이들까지 함께 불안해진다. 아이들에게 가장 큰 영향을 주는 것은 누가 뭐래도 부모다.

알게 모르게 아이들은 부모의 생각과 행동을 닮아간다. 부모가 어떤 대화를 하고 문제가 생겼을 때 어떻게 해결하는지 아이들은 다 보고 듣고 있다. 굳이 가르치려 들지 않아도 부모의 말과 행동을 따라한다. 그래서 부모가 이중적인 모습을 보일 때 아이들은 더 이상 부모를 신뢰하지 않게 되고, 존경심도 사라진다.

믿음의 결과

사랑과 격려를 받고 자란 아이는 타인도 사랑할 줄 안다. 부모가 아이에게 줄 수 있는 최고의 사랑은 '믿음'이다. 부모는 자녀와 자녀가 스스로 내리는 결정을 믿어줘야 한다. 어떠한 상황에서도 끝까지 말이다.

아이들이 학교에 다닐 때 공부하라는 말을 거의 하지 않았다. 시험 때도 친구들은 모여서 공부하는데 우리 집 애들은 열심히 놀기만 했다. 아이의 친구들은 시험에 대한 스트레스가 거의 없는 우리 아이들을 부러워했다. 시험 결과는 한 번도 보여주지 않았고 보지도 못했다. 그런데 어느 날 점수가 너무 낮게 나오자 아이 입에서 저절로 "이제 공부를 좀 해야겠다."는 말이 나왔다. 마음먹고 열심히 공부를 하니 금세 성적은 상위권으로 올랐다.

고졸 검정고시를 치르고 수능 준비를 할 때도 마찬가지였다. 첫째가 특히 수학을 어려워해서 수학 전문 학원에 보냈었다. 지인의 소개로 강남의 유명한 학원에 갔는데 평가를 해보더니 반을 배정할 수 없다고 했다. 결국 학원 수업을 받을 자격이 주어지지 않아 등록하지 못하고 동네 학원을 다니며 수능 공부를 했다.

수험생 엄마들을 보면 열심히 학원 설명회, 입시 설명회를 따라다니는데, 나는 그런 상황을 도저히 납득할 수가 없었다. 공부는 아이의 몫이어야 하는데 마치 엄마의 성적에 따라 대학을 가는 것 같이 느껴졌다. 수능 시험을 본 결과 감사하게도 수도권 일반 대학 정도 갈 수 있는 점수를 받았다. 하지만 아이가 원하는 공부를 할 수 있는 곳은 없었다. 그렇다면 이제부터 정식으로 수능 공부를 다시 해야 할까 고민하고 있던 중에 독일에 살고 있는 선배 언니로부터 정보를 받았다. 그곳 법이 바뀌어 한국의 수능 점수만으로도 입학이 가능하다는 것이었다. 유학을 보내고 싶었지만 학비와 생활비를 감안할 때 형편상 엄두도 못 내던 중 너무나 반가운 소식이었다. 그렇게 첫째는 수녀님들이 운영하는 기숙사형 어학원에서 1년을 공부하고 독일 대학에 지원했다.

그런데 문제가 생겼다. 검정고시라는 제도가 독일에서는 이해할 수 없는 시스템이었기 때문이다. 어떻게 학교를 다니지 않고 짧은 기간에 중, 고등학교를 졸업하는 자격을 얻을 수가 있는지 납득되지 않는다는 것이었다. 한국에서는 정식으로 인정하는 제도라는 것을 증명하기 위해 시 교육청에 찾아가 공문을 부탁하고 검정고시 졸업장을 공증 받아 보내고 나서야 겨우 입학 허락을 받을 수 있었다. 몇 년 후 막내도 큰 언니랑 똑같은 방법으로 독일로 유학을 준비했고 수능 점수와 독일어 시험 점수를 가지고 학교를 준비했다.

만약 안 된다고 한 말을 그대로 받아들이고 포기했었다면 또 다른 인생 항로를 찾을 수밖에 없었을 것이다. 부모가 포기하지 않고, 아이의 결정을 믿고 응원하고, 함께 뛰어주었기에 얻은 결과였다.

2장

춤추는 엄마와
조금 특별한
세 딸의 성장 일기

자존감을 무너뜨리는
엄마의 말

같은 문제가 주어져도 어떤 아이는 대수롭지 않다는 듯 쉽게 도전하고, 어떤 아이는 지레 겁부터 먹고 시도조차 하지 않는다. 둘 사이의 차이는 무엇일까? 부모의 평소 말 습관이 아이를 긍정적인 사람으로 혹은 부정적인 사람으로 자라게 한다.

단정할 수는 없지만 매사에 부정적이고 비판적인 사람은 어린 시절, 가정에서 부모나 가족들이 그런 정서를 심어주었을 가능성이 높다.

"이제 TV 그만 보고 숙제 해야지?"라고 하면 될 것을 "제발 TV 좀 그만 봐라! 너 숙제는 다 했어? 언제까지 그렇게 일일이 시켜야 할래? 어휴, 너 때문에 내가 늙는다, 늙어!"라고 말하는 부모들이 있다. 부정적인 말이 가득한 잔소리에 엄마의 푸념까지 들은 아이는 이미 기분이 나빠져 절대 좋은 마음으로 공부를 시작할 수 없다.

장난삼아 한 말이 아이의 마음에 상처를 낸다

말만큼 상대에게 깊은 상처를 주는 무기도 없다. 10대 시절에 부모의 말로 인해 상처를 받은 아이는 자존감이 낮다. 자존감이 낮은 아이는 문제의 원인을 외부에서 찾으려는 경향이 있다. 어떤 문제가 발생해도 자기의 책임으로 인정하지 않는다. 성적이 떨어진 것도, 준비물을 챙기지 못한 것도, 방을 치우지 못한 것도 남 탓으로 돌린다. '이제 막 공부하려던 참인데 엄마가 하라고 하니까 안 하고 싶어진다.'는 둥, 모든 일을 남 탓으로 돌리고 변명을 단다.

큰딸이 막 어른들의 말을 이해하기 시작할 즈음, 아이를 놀리느라 자주 했던 말이 있다.

"너, 말 안 들으면 다리 밑에 사는 진짜 너희 엄마한테 보낸다?"

그러면 아이는 울상이 되어 후다닥 방으로 들어가 할 일을 하곤 했다.

나는 8남매 중 여섯째로 태어나 위로 오빠가 네 명 있었다. 어릴 때 집안에는 늘 오빠 한둘과 아버지가 운영하시던 운수회사의 운전기사 아저씨들이 있었는데, 어린 여자아이를 놀리는 것이 재미있었는지 걸핏하면 장난을 쳐서 나를 울렸다. 대표적인 레퍼토리가 이것이었다.

"너 그거 알아? 네 진짜 엄마는 저기 다리 밑에 있어. 말 안 들으면 언제든 데려오라고 하셨어."

거짓말이라는 것을 알면서도 왜 그리 서럽던지, 오빠들이 놀릴 때면 어김없이 울음을 터트렸고 엄마가 와서 한바탕 혼을 내고 나서야 잠잠해졌다.

좋은 기억이 아니었는데도 나도 모르게 똑같은 장난을 아이에게 하고 있었다. 그런 말들이 아이들에게 어떤 상처를 주는지도 모른 채로 말이다. 그런데 어느 날, 남편이 나에게 진지하게 이야기했다.

"여보, 이제부터 장난이라도 예은이한테 그런 말 하지 마요. 왜 아이의 하얀 마음에 먹물을 뿌려요? 살면서 자연스럽게 부정적인 감정을 경험하게 되겠지만 굳이 우리가 나서서 분노와 불안감을 조성할 필요는 없잖아요."

반박할 말이 없었다. 내가 그렇게 자랐으니 나도 모르게 그렇게 하고 있었다. 그때부터 아이 앞에서는 부정적인 말은 하지 않으려 노력하고, 존댓말을 가르쳤다. 나 역시 아이에게 훈육을 할 때면 존댓말을 썼다. 아이가 험한 말을 하면 곧바로 고쳐주고, 누구에게나 존댓말을 하도록 "다시, 다시!"하면서 호되게 훈련시켰다.

한 번은 이런 일도 있었다. 어느 날 아이가 "엄마, 지난번에 제가 말씀드린 거 까 드셨어요?"라고 하는 것이다. 무슨 말인지 이해가 안 되어서 다시 물으니 "잊으셨어요?"를 그렇게 말한 것이었다. 친구들 사이에서 쓰던 말과 어른에게 써야 하는 존댓말이 혼용되어 괴이한 말이 나온 것이다.

부모가 먼저 조심, 또 조심

우리가 일상에서 쓰는 말 하나하나에 마음이 담긴다는

사실을 기억해야 한다. 특히 부모가 아이에게 하는 말은 아이에게 절대적인 영향력을 미친다. 무심코 던진 한마디에 아이는 상처를 받고, 그것이 쌓여 자존감이 낮아지기도 한다. 말이 사람 마음 밭에 떨어지면 그 씨앗이 자라각 모양대로 열매를 맺게 된다. 그래서 늘 말을 조심해야한다.

부부 사이에 의견 충돌이 있을 때도 마찬가지다. 감정이 대립하거나 의견 충돌이 있을 때는 감정 섞인 말을 삼가야 한다. 이미 기분이 상해 있다면 절대로 좋은 말이 나올 수 없다. 그래서 현명한 사람은 막 말이 튀어나오려는 그 순간에 입을 다문다고 한다. 목구멍까지 나와 입을 열기만 하면 폭포수처럼 쏟아낼 말들이 있어도 3초만 참으면 서로 감정이 상하지 않을 수 있다.

말의 톤도 중요하다. 가장 좋은 것은 '레'나 '미' 정도의 낮은 톤으로 말하는 것이다. 그럴 의도가 없더라도 하이톤으로 말을 하면 신경질적이고 짜증스럽게 들린다. 특히 아이를 훈육할 때나 감정이 격해질 때는 의식적으로라도 차분한 톤을 유지하는 것이 좋다.

요즘 길을 걷다가 아이들의 하는 말에 깜짝 놀라 뒤를 돌아볼 때가 많다. 욕을 일상적으로 하는 아이들, 비속어

를 뜻도 모른 채 남발하는 아이들을 보며 좋은 언어 습관
이 얼마나 중요한지 다시 한 번 생각하게 된다. 약어나 유
행어는 어느 세대나 있었기에 그렇다 치지만, 말하는 사
람의 인격이나 나아가 집안의 분위기까지 의심하게 되는
그런 말들은 아이가 함부로 쓰지 않도록 부모가 잘 다스
려야 하지 않을까 싶다.

바른 말하기 훈련

우리 아이들은 지금도 집안 모든 어른들에게 존댓말을
한다. 한때 친구들은 부모님과 반말을 하는데 자기들만
높임말을 쓰니 어색하고, 부모님과 사이가 멀어 보인다고
불만을 가지기도 했었다. 하지만 말투가 친밀감을 좌우하
는 것이 아니라는 사실을 깨닫고 나서는 지금까지 존댓말
을 쓰고 있다.

존댓말을 훈련시킬 때는 아이들이 반말을 하면 아예 들
어주지 않는 특단의 조치를 취했다. 여러 번 말해도 못들
은 체 했더니 쭈뼛쭈뼛하며 존댓말을 쓰기 시작했다. 사

실 적응이 되지 않기는 나도 마찬가지였다. 하지만 어색해도 티를 내지 않고 서로 노력하니 어느새 집안에 서로 말을 조심하고, 가려 쓰는 문화가 생겨났다.

아이가 존댓말을 사용하는 훈련을 했다면 나와 남편은 아이들의 말을 경청하는 훈련을 했다. 아이가 말을 할 때는 맞장구치며 끝까지 들었고, 가끔 아이가 말도 안 되는 핑계를 댈 때도 중간에 끊지 않고 끝까지 들은 다음에 우리의 의견을 말했다. 또 다른 사람들 앞에서 흉을 보거나 혼내면 아이에게 몇 십 배의 상처를 줄 수 있기에 아주 큰 잘못을 하지 않는 한 집에 돌아와 단 둘이서만 따로 이야기했다. 자매 사이에도 수치스러움을 느낄 수 있기에 잘못한 것이 있으면 따로 훈육했다.

말하는 대로

이렇게 서로 바른 말을 하면서 얻은 큰 효과는 '긍정적이고 낙관적인 정서'다. 생각나는 대로 툭툭 내뱉지 않고, 배려하며 말하다보니 감정싸움이 줄고 자연스레 서로를 존중하는 마음이 생긴 것 같다.

낙천적인 사람은 비관적인 사람에 비해 문제해결력이 높고 추진력과 실행력도 뛰어나다고 한다. 이를 바탕으로 자신감 있고, 주도적인 인생을 살 수 있다는 것이 많은 학자들의 의견이다.

부정적이고 자신감이 없는 아이들은 학습에 참여하기 싫어하고, 문제에 맞닥뜨렸을 때 회피하려는 경향이 강하다. '나는 할 수 없을 거야. 괜히 시도했다가 실패하면 나만 손해지. 하지 않는 게 좋겠어.'라고 가정해버린다. 한편, 비관적인 사람은 나쁜 상황을 접하면 이 나쁜 상황이 지속될 것이라고 생각한다. 그리고 상황을 이렇게 만든 자신의 잘못을 지나치게 부각시키면서 스스로를 옭아맨다. 심리적으로 위축된 상황이 계속되면 새로운 일에 도전할 수 있는 용기가 점차 사라진다.

셋째가 14살 때 필리핀으로 봉사 활동을 간 적이 있다. 그때 함께 간 아이들은 "이곳 아이들이 너무 불쌍해요. 우리가 얼마나 풍족하게 사는지 알겠어요. 돌아가면 부모님께 더 잘할 거예요."라고 소감을 말했다고 한다. 하지만 우리 아이는 좀 다른 말을 했다.

"이곳 아이들은 친구를 경쟁 상대로 보지 않고 학원 걱정도 하지 않아요. 환경은 우리보다 열악하지만 표정은 더 행복해 보여요."

정답이 있는 질문은 아니었지만 같은 상황도 긍정적인 시선으로 보는 아이로 자라고 있다는 점이 뿌듯했던 기억이 난다.

부모의 언어 습관은 아이의 정서 전반에 영향을 미친다. 하지만 바짝 신경 쓰지 않으면 헤이해질 수 있는 부분이기도 하다. 그래서 아이들이 성인이 된 지금도 우리 부부가 가장 조심하는 부분이 바로 '말'이다.

책 읽기,
뻔하지만 가장 확실한 공부

유대인들의 독서열은 세계 최고의 수준이다. 하루 일과 중 빼놓지 않는 게 잠자리에 들기 전 자녀에게 책을 읽어주는 것이다. 아이의 머리맡에는 늘 책이 한 권 이상 놓여 있다. 리더 자리에 오른 유대인들은 하나같이 '독서 습관이 나를 키웠다.'고 고백한다. 역사 학자이자 저술가인 움베르트 에코는 '책은 최고의 발명품'이라고 말했다.

우리는 어떨까? 요즘 아이들의 잠자리에는 스마트폰과 태블릿 PC가 함께한다.

아이들에게 "한번 생각해 볼까?", "어떻게 생각해?", "요약해서 써보자."고 하면 대부분 힘들어 한다. 심지어 무조건 "모르겠다."며 도망치는 아이들도 있다. 생각하기가 싫은 것이다.

청소년들에게 무용을 가르칠 때 즉흥적으로 생각하고 그것을 표현하는 수업을 계획한 적이 있다. 그런데 지시받는 것에만 익숙한 아이들이 스스로 무언가를 하려들지 않고 선생님의 지시가 떨어지기만을 기다리는 바람에 수업의 방향을 바꿀 수밖에 없었다.

자기 생각을 표현하지 못하는 청소년들이 생각보다 많다는 사실은 충격이었다. 말도 정확하게 뱉지 못하고 입 안에서만 우물우물 한다. 사람과 눈도 제대로 맞추지 못하고 오로지 스마트폰만 들여다보고 있다.

제대로 학습이 이루어지려면 지식을 습득하고, 뇌를 움직여 정리하고, 말이나 글, 행동으로 표출해야 하는데 이런 과정이 제대로 이루어지지 않는 것 같다. 게임이나 영상, 이미지 등에 즉각적으로 반응하는 능력은 뛰어나지만 숙고하는 능력은 턱없이 부족하다. 습득하는 지식의 양은 예전과 비할 수 없이 많지만 그저 머리에 집어넣기만 할 뿐이다.

아날로그의 소중함

'1인 1스마트폰 시대'라 할 만큼 디지털 기기가 보편화된 세상에 살고 있다. 어른 아이 할 것 없이 틈만 나면 스마트폰에 빠져든다. 마치 좀비처럼 스마트폰 화면에 홀려 산다고 하여 '스몸비(스마트폰 좀비의 줄임말)'라는 신조어가 생길 정도다.

예전에는 버스나 지하철에서 책이나 신문을 보는 모습이 흔했는데, 지금은 종이책을 읽는 사람이 희귀하다. 다른 나라들도 비슷한가 싶어 해외에 나갈 때마다 유심히 관찰하는데 우리나라만큼 휴대전화에 푹 빠져 있지는 않은 것 같다. 신문이나 책을 보는 사람들이 여전히 많고, 스마트폰 화면보다는 눈을 맞추고 이야기하는 모습이 더 흔하다.

애플 창업자인 스티브 잡스도 정작 자기 자녀들에게는 아이패드를 비롯한 디지털기기를 주지 않았다고 하던데, 디지털 기기가 정상적인 교육에 장애를 줄 가능성이 있다는 것을 그 스스로 알고 있었던 것이 아닐까? 실제로 영국과 미국에서 아이들을 대상으로 실험한 결과가 있다. 동일한 조건에서 종이책과 아이패드로 학습했을 때 종이책의 지식 습득율이 훨씬 높았다고 한다. 우선 종이책의 글자 해상도가 2500ppi(Pixel per inch)인데 비해, 모니터의 해상도는 200ppi라 하니 눈에 편안함을 주는 차이는 말할 것도 없다. 하지만 안타깝게도 요즘 아이들은 태블릿 PC나 스마트폰, TV에 먼저 익숙해져 종이책의 이로움을 잘 모르는 것 같다.

학습 능력과 직결되는 독서 습관

남편은 어릴 때 집안이 가난해서 신문으로 도배된 좁은 판잣집에 살았다고 한다. 비가 오면 여기저기 그릇이나 양동이를 놓고 물을 받아가며 구석에 쪼그려 잠을 자는 처지에 책은 사치품이었다. 하지만 눈만 뜨면 들어오는 신문 기사들을 읽으며 세상 이야기를 접했다고 한다. 지금도 독서를 좋아하는데 한동안 전자책도 읽더니 역시 비교할 수 없다며 늘 가방에 종이책을 넣어 다닌다.

나 역시 노트북과 스마트폰을 쓰긴 하지만 궁금한 것이 있으면 여전히 서점을 먼저 찾는다. 책을 통해 얻는 지식은 인터넷 검색을 통해 접하는 토막 지식과는 질적으로 다르다. 선물을 할 때도 가장 먼저 떠올리는 것이 '책'이다. 지식과 마음을 동시에 전할 수 있으니 이보다 좋은 것이 있을까 싶다.

'책 예찬론자'인 엄마 아빠 덕에 우리 아이들은 어릴 때부터 책을 가지고 노는 것을 좋아했다. 커다란 그림책을 가지고 집을 만들어 놀면서 그 안에 누워 책을 읽었다. 손님이 오면 책을 들고 가서 서로 읽어달라고 난리였다. 첫째는 학교에 다닐 때 도서관에 있는 책을 거의 다 읽었다고 한다. 좋아하는 책은 내용을 거의 외우다시피 했다. 그 덕분인지 문예지에 시인으로 등단하여 지금은 '시 쓰는 의사'가 되었다.

어린 시절 독서가 중요한 이유는 책을 읽으면서 뇌를 활성화시킬 수 있기 때문이다. 독서를 하면 뇌의 곳곳이 자극된다. 글자를 이해하고 상징을 해석하기 위해서는 측두엽이 작동하고, 상황을 파악하고 활자를 이미지화시키기 위해서는 전두엽이 활동한다. 이것은 학습과도 직결된다. 교과서를 읽을 때도, 시험 문제를 풀 때도 뇌의 같은 부분이 활성화된다. 어릴 때부터 독서를 통해 뇌를 자꾸 자극하면 학습 능력도 그만큼 향상된다고 전문가들은 말한다.

편리함보다 우선인 것

편리한 디지털이 결국 모든 것을 대신하게 될까? 나는 그럴 수 없다고 생각한다.

사람은 아날로그적인 존재다. 엄마의 품과 젖을 100퍼센트 대신할 디지털화된 영양식을 개발할 수 있을까? 부모의 시선과 체온을 대신할 로봇이 만들어질까? 사람은 기계음이 아닌, 애정 어린 고유의 목소리를 들으면서 안정감을 느끼고 가족 간의 화목을 배운다.

편안히 각종 운송 수단을 타고 어디든 갈 수 있다. 그러나 걷기가 최고의 운동이라는 것을 부인하는 사람은 없다. 모든 것이 자동화되고 편리해지는 시대에 심각하게 결핍되는 것이 하나 있다. 바로 '자율성'이다.

요즘 아이들은 학원에서 과외 받느라 동네 친구들과 어울려 놀 시간이 거의 없다. 운동도 실내에서 프로그램에 맞춰 한다. 하고 싶은 놀이를 정하고, 규칙을 만들고, 같이 놀 친구를 찾아다니는 일은 하지 않는다. 놀이부터 학습까지 내가 스스로 만들고 참여해서 성취하는 프로그램은 별로 없고, 모두 남이 만든 것이다. 체계적이어서 좋은 것 같지만 홀로 있을 때는 불안을 느끼고, 지시하는 사람이 없어지면 어쩔 줄 몰라 한다. 요즘 아이들은 어쩌면 자율 의지를 가진 인간의 삶이 아닌, 누군가에 의해 조작되고 세뇌된 삶을 살고 있는지도 모른다.

이렇게 자율성이 점점 사라지는 아이들인데, 디지털 문화는 이를 가속시킨다. 디지털은 세상을 지배할 수 있는 도구처럼 보인다. 구글 맵을 가지고 놀다 보면 세계가 내 손 안에 있는 것 같은 착각이 들 정도다. 그러나 사실은 정반대임을 알아야 한다.

가끔 스마트폰을 집에 두고 나오면 눈앞이 캄캄하다. 그 날의 일정, 만날 사람의 연락처와 주소 등을 전혀 알

수 없기 때문이다. 그러나 한편으로는 왠지 모를 자유로
움을 느낀다. 그리고 펜을 들어 기억나는 것들부터 하나
씩 적게 된다. 그런데 의외로 글씨가 예쁘게 써지지 않는
다. 컴퓨터 자판에만 익숙해져 있기 때문이다.

디지털을 잘 활용하고 지배하기 위해 오히려 인간의 본
성과 가까운 아날로그에 충실할 것을 제안한다. 조금 불
편해도, 더디 가는 것 같아도, 답답해 보여도, 이것이 우리
아이들의 진짜 무기가 될 것이다.

실제로 우리 가족이 실천하고 있는 아날로그 생활 수칙
을 몇 가지 적어본다.

1. TV를 치운다. 넋 놓고 TV 보는 시간에 다른 유익한 일들을 할 수 있
   다.
2. 한 달에 한두 번 휴대 전화를 끄고 집 전화 등 아날로그 통신을 사용
   한다.
3. 인터넷은 가능한 접속하지 않는다. 필요한 일만 하고 최대한 빨리 나
   온다.
4. 서점에 자주 간다. 책 제목만 읽어도 많은 공부가 된다.
5. 시나 명언을 외운다. 내 머릿속에 새겨진 것만이 진짜 지식이다.
6. 좋은 노래를 부른다. 유행가 외에도 몇 곡 정도는 자신 있게 외워 부
   를 수 있으면 좋다.

7. 혼자 방 안에서 묵상하는 훈련을 매일 한다.

8. 가방에 종이책을 넣어 다닌다. 하루에 한 시간 이상 독서한다.

9. 걸으면서는 스마트폰을 보지 않는다. 대신 하늘과 먼 산을 본다.

10. 필기도구를 늘 가지고 다닌다. 어디서든 손으로 메모하는 습관을 기른다.

잘 놀게
하는 법

요즘 아이들은 잘 놀 기회
가 없어보여서 안타깝다. 너무 옛날이야기처럼 들릴지 몰
라도, 내가 어릴 때는 노는 것 말고 딱히 할 일이 없었다.
아침부터 골목을 누비며 구슬치기, 팽이치기, 딱지치기를
하고, 여름에는 과일을 따먹으며 물가에서 놀았다. 산에
올라가 풀밭을 헤치고 놀거나 개미를 잡기도 했다.

평범하지만 어린 시절에 활발하게 산으로 들로 다니면
서 놀았던 경험이 정서적으로 스며들어 지금 창작 활동을
하는 자양분이 된 것 같다.

학습은 아니지만 많이 배운다

감성과 창의력을 키우기 위해 우뇌를 자극시켜야 한다면서도 아이들이 노는 것에는 인색한 것이 요즘 부모다. 돈을 내고 체험 활동을 하러 가는 것은 유익하다고 생각하지만 놀이터에서 마냥 뛰어 노는 것은 불안해한다.

놀이는 자발적으로 참여하는 목적이 없는 활동으로, 즐거움과 흥겨움을 동반하는 자유롭고 해방된 인간 활동이다. 놀이를 통해서 자신과는 다른 입장에 있는 사람의 관점을 이해할 수 있고 자기 통제 능력을 키울 수 있다. 또 타인에 대한 긍정적인 감정을 향상시키고, 감정을 표출함으로써 불안을 감소시킨다. 아이들은 놀이를 통해 자연스럽게 사회성을 기르는 것이다.

내가 놀이에 대해 긍정적인 생각을 가지고 있어서인지 우리 아이들은 어릴 때 참 잘 놀았다. 놀이를 통해서 평소 억눌렸던 감정을 분출하고 친구들과 어울리면서 사회성을 기르고, 자신의 의사를 표현하는 방법을 익혔다.

또 놀이의 필수 요소 중 하나인 '경쟁심'이 긍정적으로 작용하기도 했다. 막내는 늘 언니들을 상대로 혼자 경쟁

을 했다. 뭐든 이겨야 직성이 풀려서 심지어 아침에 일어
나는 시간까지도 1등을 하려고 용을 썼다. 그래서 언어도
제일 많이, 빨리 배운 것 같기도 하다. 이유는 잘 모르겠
다. 막내 특유의 질투심과 관심 받고 싶어 하는 마음에 놀
이를 통해 배운 경쟁심이 뒤섞인 것이 아닐까 싶다.

어떻게 놀까?

집에서 아이들과 함께 TV를 보거나, 단순히 휴식을 취
하는 것은 놀이가 아니다. 일정한 육체적, 정신적인 활동
을 하고, 정서적 공감과 정신적 만족감이 있어야 진정한
놀이라고 할 수 있다.

세 딸이 본격적으로 놀기 시작하면 온 집안은 아수라장
이 되었다. 장롱에서 이불을 다 꺼내어 미끄럼틀을 만들
어 놀기도 하고, 식탁 의자를 뒤집어 기차를 만들거나 신
문지를 펼쳐 집을 만들었다. 밖에 있다가 집에 들어가면
아이들이 거실을 난장판으로 만들어 발로 밀치면서 들어
가는 일이 허다했다.

아무리 어지럽게 놀아도 마지막에 정리만 잘하면 되는데 그게 참 힘들었다. 잔소리를 하고 혼내보기도 했지만 놀이 후에 완벽히 정리하는 습관을 들이기란 불가능했다. 결국은 타협점을 찾는 수밖에 없었다. 깨끗하게 치우지는 못하지만 할 수 있는 만큼만 최선을 다해서 정리하기로 하고, 깔끔하게 정돈된 집은 포기했다. 아이 셋을 키우다 보니 정리정돈에 집착하기 시작하면 내가 종일 아이들의 뒤를 졸졸 따라다니며 치워야 할 판이었다.

이렇게 완벽히 정돈되지 않은 환경이 때론 긍정적으로 작용했다. 널브러져 있는 물건들을 가지고 아이들 나름대로 새로운 용도를 만들어 내거나, 놀잇감을 개발하기도 했다. 또 좋아하는 물건이 늘 주변에 있으니 정서적으로도 안정이 되는 것 같았다.

학습적인 능력을 키우기 좋은, 기능적인 장난감은 안 사줬다. 비싸기도 하지만 정서적으로는 별 도움이 안 된다고 생각했기 때문이다. 종이 상자나 책, 신문지, 빨대, 찰흙 등이 우리 아이들의 장난감이었다. 이런 평범하고도 사소한 소품들은 아이들의 상상력을 자극해 비싼 장난감보다 몇 십 배는 유익했다.

때로는 부모가 적극적으로 놀이에 가담하기도 했다. 아

이들이 산타를 믿을 때는 우리가 직접 분장을 하고 선물을 배달했다. 산타 역할은 내가 주로 했는데, 오리털 파카와 금테 안경, 솜 수염을 붙이고 산타 옷을 빌려 입은 뒤, 자루에 가득 담긴 선물을 배달하는 모습을 비디오로 찍었다. 산타가 우리 집으로 오는 영상을 본 아이들은 다음 해 크리스마스이브에 아파트 입구부터 우리 집까지 화살표를 붙여 놓았다. 혹시라도 우리 집을 지나칠까 봐 한 깜찍한 배려였다.

우리 가족은 매주 일요일 오후에 시댁을 방문했는데 아이들은 할아버지에게 화투를 배웠다. 아이들에게 화투는 비슷한 그림을 찾아내어 맞추고, 점수를 계산하는 재미있고 유익한 놀이였다.

잘 노는 아이는 머리도 좋다. 뇌가 골고루 빠르게 자극되기 때문이다. 독서와 학습을 통해 좌뇌를, 놀이와 예술 경험을 통해 우뇌를 함께 자극해야 한다.

우뇌는 7세 이전에 가장 많이 발달한다고 한다. 그런데 많은 부모들이 이 시기에 글자와 숫자를 떼게 하려고 과하게 학습에 매달린다. 그러면 아이가 스스로 창의력과 직관력을 키울 소중한 기회를 잃게 된다.

너무 일찍부터 공부를 강요하지 말고, 가능한 선행학습
도 시키지 말았으면 좋겠다. 아이들이 균형 있게 자라나
지 못하는 이유는 모두 우리 부모들에게 있다.

결과보다는
과정의 소중함을

무용단에서 작품을 하다보면 단원들의 성향이 한눈에 파악된다. 공연을 올리기 전에는 매일 몇 시간이고 연습을 하는데, 연습할 때도 실제로 공연하는 것처럼 100퍼센트 에너지를 발휘하는 무용수가 있는 반면, 대충 설렁설렁 연습하는 무용수도 있다. 재미있는 건 연습할 때는 대충 하던 단원이 공연 무대에서는 돋보이기 위해 꼭 '안 하던 짓'을 한다는 거다.

춤은 공동체 작업이기 때문에 수없이 연습을 하면서 움직임과 호흡을 맞추고, 같이 좋은 에너지를 만들어야 한다. 그런데 연습할 때는 의욕을 보이지 않다가 공연에 들어가서는 평소에 안 하던 동작을 하며 혼자만의 에너지를 내뿜으면 동료들이 당황하고 팀워크가 깨진다. 무용수 개인적으로는 만족스러운 무대였을지 모르겠지만, 리더 입장에서는 그와 다시는 함께 작품을 하고 싶지 않아진다.

멋진 무대라는 결과만으로 모든 것이 평가될 수 없다. 연습 과정에서 최선을 다하고 발전이 있었다면 혹여 공연에서 실수를 하더라도 그건 아무 문제가 되지 않는다. 하지만 오로지 결과를 위해 과정을 소홀히 여기는 것은 용납할 수 없다.

점수는 과정에 따르는 결과일 뿐

막내가 독일에 간 지 6년이 지났을 때였다. 지리학을 전공하다가 휴학을 하고 1년간 유적 조사 겸 터키에 다녀왔는데 잠시 학업을 중단하다 보니 학교에 돌아가는 것을 힘들어했다. 고민이 많은지 한국에도 1주일 정도 머물면서 고민 상담을 했다. 이번이 마지막 학기인데 시험에 통과하지 못하면 아예 학교를 그만둬야 한다는 것이었다.

속으로는 걱정되었지만 남편과 같이 격려해 주었다.

"괜찮아. 졸업 못하면 어때? 그동안 공부한 것들은 인생을 살면서 꼭 필요한 것들이야. 그리고 우리 모두 네가 최선을 다한 걸 알고 있어. 결과까지 좋으면 최고겠지만 과정만으로도 충분히 값진 도전이었어. 너무 걱정하지 말고 마음 편히 공부해."

외국 대학은 입학보다 졸업이 몇 배는 힘들다더니, 막내에게도 위기가 닥친 것이다. 첫째가 치과대학에 다닐 때도 50명 넘는 학생이 입학을 했는데 졸업생은 겨우 10명 남짓이었다고 한다. 전화를 할 때면 늘 시험 얘기뿐이었다. 마지막 학기에는 거의 매주 중요한 시험이 이어졌던 것 같다. 큰딸이 공부하는 모습을 보며 이렇게 과정에서 최선을 다하면 결과가 어떻든 후회는 없을 것 같다는 생각이 절로 들었다.

막내는 사려 깊고 다른 사람에 대한 배려심이 크다. 또 이성적이고 논리적으로 사고한다. 10대 때부터 정치나 환경 등 사회 문제에 관심이 많았고 여러 언어에 능숙하니, 나와 남편은 강점을 살려 국제 분쟁 전문가가 되면 어떨까 속으로 생각하고 있었다. 본인도 학위가 아니라 인생을 걸고 할 일을 찾겠다는 각오로 목표를 다시 잡아야겠다는 생각을 한 모양이었다. 다시 공부를 시작하면서 엄마 아빠의 의견도 참고하겠다고 한다.

공부는 왜 하지?

우리 인생이 결과만으로 평가된다면 아이들이 재롱부리며 자라는 데도 관심이 없을 것이다. 오직 빨리 자라서 좋은 대학에 가고, 출세하는 것만이 중요할 테니 말이다.

하지만 어디 그런가? 우리에게는 살아 있는 모든 순간이 소중하다. 첫 걸음을 떼고, 스스로 옷을 입고, 학교에 가고, 친구를 사귀고, 미래를 꿈꾸고 그것을 위해 노력한 모든 경험이 모여 한 사람의 인생을 만든다. 그런데 우리나라의 교육 현장은 좀 다른 것 같다.

우리 학교에서는 입시 위주의 공부만 하고 인간됨에 대해서는 거의 교육하지 않는다. '점수'라는 결과만을 향해 돌진하기 때문에 어쩔 수 없다. 결과를 내지 못하면 과정과 노력은 평가받지 못한다.

사람됨이야 어떻든 명문대에 합격하기만 하면 된다는

식의 결과 중심적인 교육은 악인(惡人)을 배출할 뿐이다. "너는 공부도 못하면서!" 혹은 "공부 잘하는 애가 왜 그래?" 같이 성적을 기준으로 사람을 평가하는 경우가 많다. 공부만 잘하면 모든 것이 다 용서되고, 공부를 못하면 뭘 해도 인정받지 못하는 분위기에서 자라난 아이들은 저절로 '결과 중심적인 인간'이 되어간다.

우리가 공부하는 이유는 좋은 대학을 들어가기 위해서가 아니다. 보다 좋은 사람이 되어 사회에서 각자의 자리를 찾고 맡은 역할을 수행하기 위한 기본을 다지기 위해서다. 그래서 점수보다는 공부하는 과정, 공부를 통해 자신의 재능을 발견하는 순간이 훨씬 소중하다. 과정을 소홀이하고 결과만 중요시하는 분위기가 더 확산된다면 우리 사회는 지금보다 훨씬 삭막해질 것이다.

바닥을 쳐야 성숙한 인간이 된다

막내가 10살 정도 되었을 때 나에게 물었다.
"엄마는 언제 바닥을 쳤어요?"

어린 애가 별 말을 다한다 싶어 웃으며 되물었다.

"무슨 바닥? 너, 그게 무슨 말인지 알아?"

"인생의 바닥 말이에요. 아빠가 '사람은 바닥을 쳐봐야 진짜 어른이 된다'고 하셨어요. 아빠도, 엄마도 다 인생의 바닥을 쳤나요?"

뜻밖의 질문으로 아이에게 '과정의 중요성'에 대해 이야기 해줄 수 있었다. 사람은 크게 실패하고, 져보기도 하고, 곤경에 처해보기도 하면서 자신만의 길을 찾는 거라고 말이다. 그런 과정들이 모두 배움과 성장의 일부이며, 어려움이 크면 클수록 더 튼튼한 어른이 되는 거라고. 엄마와 아빠도 앞이 캄캄할 정도로 모든 일이 안 풀리던 시간이 있었지만 그것을 이겨내면서 너희 셋을 낳아 기르고 지금처럼 살고 있다고 아이에게 말해주었다.

"너도 언젠가 하늘을 원망하고 싶을 만큼 고통스러운 일을 겪을 거야. 하지만 힘든 과정 없이 좋은 결과를 얻는다면 기쁨도 없을 걸? 만약 좋은 결과를 얻지 못하더라도 힘든 시간을 이겨내는 과정을 통해서 너는 더 강한 사람이 될 수 있지."

내 말을 이해하는지는 알 수 없었지만 아이는 고개를 끄덕였다.

"지나보면 그 모든 일들은 다 우리에게 필요한 시간이었다는 생각이 들어. '그냥 경험하는 일'이란 없는 거야."

우리 아이들이 학교에 다니지 않아서 받은 큰 수혜 중 하나가 '점수만으로 평가받지 않는 환경'이었다. 결과보다는 과정에서 의미를 찾고, 배운 것을 내재화시킨 것이 아이들의 진짜 재산이 되었다.

가족이 매일 함께
밥을 먹는다는 것

아이들이 학교를 가지 않으면 집에서 지내는 많은 시간을 어떻게 보낼지, 또 어떻게 활용할지 고민이 된다. 끼니도 마찬가지다. 학교에 있으면 정해진 시간에 영양소가 계산된 밥을 먹지만 집에 있으면 그렇게 하기 어렵다. 그래서 나는 함께 요리를 하고 밥을 먹는 것도 중요한 일과로 넣었다.

유대인은 밥상머리 교육을 중요하게 여긴다. 나 역시 식사를 하며 인성교육과 예절교육, 가정교육을 함께 할 수 있는 밥상머리 교육은 따로 시간과 돈, 교구가 필요하지 않으면서도 효과는 높은 최고의 교육이라고 생각한다.

평범한 일상을 교육 현장으로 바꾸는, 밥상머리 교육

지역이나 시대를 초월하여 음식을 함께 나누는 것은 유대감을 표현하는 가장 중요한 수단으로 인식되어왔다. 가족이 한 자리에 모여 음식을 먹으며 하루 일과를 공유하고, 서로의 감정에 공감하다보면 밥상머리가 곧 소통의 장이 되는데, 이런 대화와 공감을 통해 기본적인 예절, 인성, 사회성을 배울 수 있다.

하루에 한 끼는 꼭 가족이 모여 함께 식사를 했다. 밥을 먹으며 부드러운 분위기에서 아이들의 이야기를 듣고, 서로 하루 중에 있었던 일들을 말하고, 칭찬과 격려를 하다보면 가족애가 돈독해진다. 때로는 아이들이 마음속에만 품고 있던 생각을 듣는 기회도 되는데 속으로만 고민하다가 더 큰 문제로 번지기 전에 대화를 통해 자연스럽게 해결책을 찾을 수 있다.

아이들은 밥상에서 엄마 아빠와 대화하고, 세상 돌아가는 이야기도 들으면서 어른을 대하는 법을 배운다. 우리 가정의 문화나 집 안에서 지켜야 할 규칙도 배운다.

함께 요리하면서 배운 '제안의 기술'

나와 아이들이 함께 먹는 점심은 같이 요리하는 시간이기도 했다. 아이들에게 먹고 싶은 음식을 정하고 요리하는 방법을 찾도록 했다. 때로는 먼저 재료를 제시한 후 할 수 있는 요리를 찾는 미션도 주었다. 이때 중요한 것은 부모가 먼저 나서지 않는 것이다. 다른 교육도 마찬가지지만, 앞서가지 않고 스스로 관심을 가지도록 유도하는 것이 중요하다. 그래야 아이들이 요리를 만들면서 느끼는 기쁨과 성취감을 온전히 느낄 수 있다.

요리하는 과정은 선택의 연속이다. 김치찌개 한 그릇을 끓이더라도, 돼지고기를 곁들일지 꽁치 통조림을 곁들일지 선택해야 하고, 김치를 먼저 넣어 끓일지, 다른 재료들과 동시에 끓일지 결정해야 한다. 물은 한 컵만 넣을지 한 컵 반을 넣을지, 15분만 끓일지 30분 푹 끓일지도 결정해야 한다.

아이들에 비해 요리에 익숙한 나는 답을 알면서도 늘 아이들의 선택을 기다려야 했다. 혹여 틀린 결정을 했을 때도 "아니야, 그건 이렇게 해야지."라고 정답을 알려주기보다 "엄마 생각에는 순서를 정해 넣는 게 나을 것 같은데? 재료마다 익는 시간이 다르니까 말이야."라고 제안하여 판단하고 결정하게 하는 방법을 썼다. 아이들이 스스로 선택하여 실행한 것에는 더 큰 책임감을 느끼고, 오래 기억한다는 사실을 알고 있었기 때문이다.

모든 부모는 '아이가 이렇게 자라 주었으면' 하는 그림이 있다. 나와 남편도 마음속으로는 세 아이 각각에 대한 계획이 있었다. 하지만 절대 우리가 원하는 것을 직접 말하지 않았다. 원하는 길이 있어도 강요하는 것이 아니라 선택하게 하는 것이 부모에게 필요한 '제안의 기술'이다.

아이들에게 어떤 강제적인 요구도 하지 말자는 것이 우리의 생각이었다. 대신, 결정적인 순간에 "엄마 아빠 생각에는, … 이렇게 하면 어떨까?"라고 하나의 선택지를 더해주는 방법을 썼다. 그러면 아이들은 오히려 "아, 그런 방법도 있었네요. 한번 생각해 볼게요."라고 긍정적으로 답해왔다. 그렇게 해서 우리가 원하는 방향을 선택해주면 고마운 것이고, 혹시 그렇지 않더라도 아이의 선택을 존중했다. 요리할 때 그랬듯 말이다.

외국에서 더 빛난 요리 실력

음식은 단순히 생존을 위한 것이 아니다. 밥 한 그릇은 육체는 물론 정신까지 지배할 수 있는 힘이 있다. 그래서 아이들을 유학 보낼 때도 스스로 끼니를 해결할 수 있도록 기본적인 요리 실력은 준비해서 보냈다. 물가가 비싼 유럽에 살면서 매번 밥을 사먹는 것은 큰 낭비이기도 하거니와 집이 그리울 때 가장 큰 위로가 될 수 있는 것이 음식이었기 때문이다.

16~17세 때 독일로 유학을 갔지만 아이들은 이미 가기 전부터 음식을 만들어 먹는 습관이 들어 있었다. 일요일에 한인교회에 가면 김치, 밥 등 남는 음식이 생길 때가 있는데, 그러면 부탁을 해서 얻어와 냉동실에 두고 한국 음식을 만들어 먹으며 집과 가족에 대한 그리움을 달랬다고 한다.

독일에서 아이들은 손님을 초대해 잡채, 닭볶음탕, 불고기를 만들어 나누어 먹곤 했다. 낯선 땅에서 아이들의 요리는 경계심을 풀고 새로운 사람들과 친해질 수 있는 좋은 도구가 되었다.

함께하는 밥상의 의미

우리 무용단은 점심을 함께 먹는다. 단원들은 각자 먹을 밥을 가져오고, 나는 매일 반찬을 싼다. 아침마다 남편의 도시락과 무용단에 가지고 갈 반찬 서너 가지를 만드는 것은 나의 중요한 일과이기도 하다. 만만치 않은 일이지만 '함께 하는 밥상'의 의미를 알기에 즐겁게 하고 있다.

식단을 나누는 것은 단순히 음식을 함께 먹는 행위가 아니라 마음을 나누는 일이다. 밥을 먹으면서 나누는 대화는 일이나 관계를 초월한다. 맛있는 음식을 먹으면서 나도 모르게 내뱉는 감탄, 켜켜이 쌓이는 추억은 다른 무엇과도 비교할 수 없다. 먹을 것을 나눌 때 서로를 알아가게 되고 공동체의 기본이 형성되는 것 같다.

이제 나도 요리 실력이 쌓여서 집에 손님들을 자주 초대하는데, 그럴 때마다 딸들이 각자 특기 음식으로 함께 대접하기도 한다. 한식에 독일 전통 요리가 가미된 퓨전 요리를 만들거나 호두파이, 샐러드, 야채 요리, 디저트 쿠키도 만들어 내놓는다. 나 혼자 차리는 식탁과는 비할 수 없이 풍성해지면서 행복도 몇 배가 된다.

우리 집에서 최고로 치는 여행 선물은 식재료다. 아이들이 방학을 맞아 한국에 들어올 때면 큰 가방에 식재료를 가득 채워 온다. 그리고 각자의 실력으로 맛있는 요리를 해 나누어 먹는다. 가족이 모두 둘러앉은 밥상은 사랑과 기쁨 그 자체다. 쌓이는 밥그릇 수만큼 가족의 행복도 소복이 쌓여간다.

돈 없이도
잘 키우는 법

부모가 주도적으로 아이를 키우기 너무 힘든 시대다. 어느 집 애는 벌써 한글을 뗐다더라, 누구네 집에 갔더니 거실이 책으로 꽉 차 있더라, 이 나이에는 이 학원에 꼭 보내야 한다더라. 등등 가만히 있어도 들리는 정보가 너무 많다.

나름대로 중심을 잡고 육아를 하려면 눈도 감고 귀도 닫아야 한다. 주변의 부모와 아이들이 무엇을 하든지 따라 하는 게 아니라 꼭 필요한 게 무엇인지를 알고 가르치는 지혜가 필요하다.

돈으로 교육시키는 것은 가장 어리석은 일

학부모들 사이에서 우스갯소리로 '엄마의 정보력, 아빠의 돈벌이 능력, 조부모의 재력이 아이의 교육을 좌우한다.'는 말이 유행한다. TV 드라마에서는 돈을 적게 벌어 온다며 아이들 앞에서 남편을 무시하고 타박하는 아내의 모습이 심심찮게 보인다. 아이를 키울 때 가장 중요한 것이 정말 돈일까? 그렇다면 아이가 셋인 우리 집은 너무나 절망적인 상황이 아닌가!

경제력에 따라 아이의 교육 수준이 달라진다고 생각하는 것은 큰 문제다. 아이가 자라면서 유행하는 교육들이 있다. 우리 아이들을 키울 때도 영어, 수학, 체육, 심지어 놀이까지 '안 하면 안 될 것처럼' 광고하는 상품들이 굉장히 많았다. 냉정하게 보면 그다지 필요하지 않은 교육들이다. 수준도 꽤 높아서 아이도 버거워할 것 같았다. 하지만 부모의 욕심과 열정 때문에 억지로 시키는 경우가 많다. 교육의 효과는? 당연히 미비하다.

나는 주변 엄마들의 말을 가능한 듣지 않으려고 했다. 독하게 마음먹고 중심을 잡지 않으면 무너질 것 같아 친구들 모임에도 거의 나가지 않았다.

남편이 치과의사로서 병원을 운영하고 있지만 우린 돈이 없는 가족이다. 돈을 벌겠다고 마음먹었다면 얼마든지 모았겠지만, 우리 부부는 그 길을 택하지 않았다. 아니, 일부러라도 돈을 벌기 위한 활동에 매달리지 않았다.

치과 운영도 마찬가지였다. 환자 몇 명 더 받겠다고 무리해서 병원 규모를 키우거나 진료 시간을 늘리기보다는 남편의 능력 범위 내에서 환자를 받고, 의료 사각 지대에 놓인 사람들을 위해 봉사 활동을 꾸준히 했다. 이것은 우리 부부 삶의 지향점이기도 했지만 아이들에게 좋은 본보기가 되기 위함이기도 했다. 부모는 아이들의 가장 가까운 롤모델이기에 삶을 통해 인생의 가치가 무엇인지, 어떻게 살아야 하는지 보여줘야 한다고 생각했다.

빠듯한 경제 상황이 늘 만족스러운 것은 아니었다. 다른 치과의사들은 큰 집에 살고 돈도 많이 버는데 우린 늘 부족한 것 같아 한 번은 돈을 모으기로 결심한 적이 있었다. 현금이 주로 쓰이던 90년대, 남편은 치과에서 번 돈을 매일 집으로 가져왔다. 나는 잘 받아두었다가 다음 날 아침이 되면 은행에 고스란히 저금했다. 그렇게 매일 통장에 쌓이는 돈을 보는 것이 참 재미있었다. 몇 달 돈을 모아보니 이렇게 하면 빌딩도 살 수 있겠구나, 하는 기대까지 생겼다. 돈에 욕심이 생기고 나니 단돈 천 원 쓰기가 아까웠다.

온 관심과 마음이 오로지 돈만을 향해 있는 것처럼 느껴지자 나는 두려움이 생겼다. 돈이 많아지면 점점 더 편안한 것을 찾게 될 것이고, 힘든 일은 하기 싫어질 것 같았다. 안정적이기는 하지만, 집착이 많아지면서 하고 싶은 것보다는 해야 하는 일에 얽매여 살게 될 것 같았다. 점점 우리 부부가 추구했던 삶과는 반대 방향으로 나아가고 있다는 생각이 들면서 그만 멈추기로 했다.

그 뒤로는 하고 싶은 일 하고 방학 때마다 아이들과 함께 봉사하러 다니는 데에 오히려 많은 투자를 했다. 큰 집도 필요 없었다. 집에 쓸 데 없는 장식을 하는 것도 별로 좋아 하지 않아 다섯 가족이서 27평 정도의 아파트에 살아도 충분했다.

아이들이 학교에 다닐 때, 친구들이 놀러 와서는 "너희 집은 왜 이렇게 작아?"라고 물었다. 그때마다 우리 아이들은 "세계가 우리 집이야."라고 당당하게 말했다.

사실 살아가는데 그리 큰 집이 필요한가 싶다. 집은 가족이 편안히 쉴 수 있는 공간이면 족하다. 우리가 넓은 집에 살아보지 않아 하는 말일 수도 있지만, 넓어봐야 청소하기도 힘들고, 공간을 채우기 위해 또 과도한 소비를 해야 한다.

우리는 살면서 얼마나 많은 불필요한 것들을 짊어지고 사는가? 언젠가는 유목민처럼, 꼭 필요한 것만을 가지고 나를 필요로 히는 곳을 찾아 자유롭게 다니고 싶은 마음도 있다.

아이는 보이는 대로 믿고 자란다

우리 부부가 아이 교육을 위해 절대 보이지 않는 것이 있는데, 바로 '부부싸움 하는 모습'이다. 부부가 큰소리를 내며 싸우면 아이들은 극심한 불안에 시달린다고 한다.

우리는 30년 넘게 살면서 크게 싸운 적이 없다. 부부 관계를 위해서도 아이들의 정서를 위해서도 그게 현명하다고 생각한다. 감정이 상하고 화가 나면 우선 말을 하지 않는다. 그렇게 시간이 지나면 점점 화가 누그러지고 다시 이성적인 사고를 할 수 있게 된다.

자녀에게 이로운 일이라면 무엇이든 마다않고 희생할 준비가 되어있는 게 우리 부모다. 그런데 무엇보다 중요한 아이의 정서는 왜 고려하지 않을까? 진지하게 생각해 볼 문제다.

형제를
키우는 법

둘째를 키우면서 자꾸 첫째와 비교를 하게 되었다. 경험이 없고 한 아이만 키우다 보니 모든 아이들이 첫째 같은 줄 알았는데 둘째를 보니 달라도 너무 달랐다.

둘째는 일곱 살이 될 때까지 글을 읽지 못했다. 스스로 글자를 깨우치고 책까지 찾아 읽어서 '영재가 아닐까?'하는 생각까지 들었던 첫째만 보다가 오로지 춤추고 노는 것만 좋아하는 둘째를 보니 너무 큰 충격이었다. 사실 아이가 글자를 좀 늦게 깨칠 수도 있고, 예능에 끼가 있을 수도 있는 노릇이었다. 그런데 내가 왜 둘째를 보며 이런 감정이 들었을까, 곰곰 생각해보니 나도 모르게 두 아이를 비교하고 있었다. 다른 집 아이와 비교하면서 "너는 왜 이것도 못하니?" 하며 다그치는 엄마들을 그렇게 못마땅해 했는데, 내가 그러고 있었던 것이다.

각자 개성을 타고나는 아이들

둘째는 원하는 것이 있으면 어떻게든 얻어내는 아이였다. 좋고 싫은 것이 분명한 데다 고집까지 세서 아무리 어르고 달래도 굽히지 않았다. 큰소리 치고 한 대 쥐어박고 싶은 마음을 억누르느라 얼마나 애를 썼나 모른다.

남편에게 넋두리를 하면 남편은 속도 모르고 얼마나 귀엽냐고 했다. 짜증 낼 때도 귀엽고, 울어도 귀엽고, 고집 부리는 것도 귀엽단다. 그러면서 덧붙인 말이 충격적이었다.

"예진이는 딱 당신을 닮았어요."

어쩌면 둘째에게 나의 모습이 있었는지도 모르겠다. 그래서인지 남편은 유난히 둘째와 잘 통했다. 나는 남편과 비슷한 큰딸과 막내를 보면 마음이 편안했다. 키우기도 훨씬 수월했다.

이런 것을 보면 아내와 남편이 함께 육아를 하는 것이 하늘의 섭리인 것 같다.

형제 사이에도 비교는 상처

아이 셋을 키우다 보니 나도 모르게 다른 형제와 비교하는 경우가 있었다.

'첫째는 다섯 살 때 더하기도 했는데, 둘째는 아직 숫자도 못 읽다니 학습 능력이 떨어지는 게 아닐까?'

'둘째는 사람들 앞에 서는 걸 즐기는데 셋째는 사람들 앞에 서는 걸 싫어하네. 자신감이 부족한가?'

그러다 보니 자꾸 아이의 부족한 점만 눈에 들어왔고, '부모가 어떻게 해 주어야 할까'만 고민하게 되었다. 하지만 영원히 답은 얻을 수 없었다. 이 세상에 똑같은 아이는 단 한 명도 없는데, 같은 기준으로 평가하려는 시도 자체가 잘못된 것이었다.

비교는 아이들에게 치명적인 독이다. 서로 독립된 존재임을 인정하고, 있는 그대로 존중해주어야 한다. 특히 형제 사이에서 비교하는 말을 들었을 때 아이는 큰 상처를 받는다. "동생은 벌써 장난감도 혼자 치우는데, 너는 형이 이것도 못해?" 같은 말은 절대 하지 말아야 한다. 엄마가 앞장서서 아이의 자존감을 무너뜨리는 것과 마찬가지이기 때문이다.

아이가 어떤 부분에서 형제들보다 늦되거나 부족할 수 있다. 그럴 때는 결과보다는 과정을 지켜봐주고, 그 안에서 아이의 강점을 발견하여 칭찬하는 것이 좋다. 칭찬은 즉각적이고 구체적으로 해야 효과가 크다고 한다.

아이에게 책임감을 불어넣어 주는 말

막내와 첫째는 7살 차이다. 그래서인지 막내는 지금도 가끔 큰언니가 엄마 같다는 말을 한다.

아이들이 어릴 때 내가 무용단을 창단하여 집에 늦게 들어오는 날이 많았다. 첫째는 동생들을 돌보고 집안일도 많이 도왔다. 그때 내가 제일 자주 쓴 말이 "너희가 알아서 해~"였다. 무조건 알아서 하라는 뜻이 아니라, 엄마는 기본적인 것만 챙겨줄 테니, 나머지는 스스로 알아서 하라는 뜻이었다.

나는 매일 정해진 시간에 집에 전화를 해서 '오늘의 할 일'을 체크해주고, 아이들이 알아서 하도록 했다. 숙제도, 준비물도 모두 아이들이 알아서 챙겼다. 그래서인지 뭐든 빼먹는 날도 많았다. 하지만 엄마가 찰싹 달라붙어 완벽히 하는 것보다는, 조금 부족하더라도 아이 스스로 할 수 있는 만큼 하는 것이 더 의미 있다고 생각해서 그냥 두었다. 어느 날은 학교에서 담임선생님이 전화를 하셨다.

"어머니, 예은이가 준비물을 너무 자주 안 가지고 와요. 집에서 좀 더 신경 써 주세요."

다른 엄마들 같았으면 안절부절 못하며 당장 문구점으로 달려갔을 지도 모르겠다. 하지만 나는 첫째에게 오늘의 할 일을 말해줄 때 "준비물 꼭 챙기자."라고만 말해주었다. 여건 상 내가 늘 붙어 다니며 하나하나 챙겨줄 수 없었기에 아이가 스스로 할 수 있도록 가이드하는 것이 더 현명하다고 생각했다.

아이들이 크고 나서도 "네가 알아서 해."라는 말을 자주 썼다. 아이들이 고민 상담을 할 때도 이야기를 경청하고 몇 가지 조언은 해 주지만 절대 결론은 내 주지 않았다. 아이들이 어떤 질문을 하든지 내 대답은 늘 "네가 알아서 해."였다. 그렇게 스스로 선택하고 책임지는 연습을 시켰다.

잘 혼내는 법

아이들이 잘못을 해서 야단을 쳐야 할 때는 '분위기'를 잡는 것이 중요하다. 아이를 혼낼 때는 부드럽지만 낮은 목소리로, 단호한 모습을 보여야 한다. 또 눈을 보면서 이름을 부르면 아이는 순간적으로 긴장하기 때문에 이때 훈육을 시작하면 된다.

장난스러운 분위기에서 큰소리만 치는 것이 아니라, 시간차를 두고 진지한 표정과 낮은 목소리로 이름부터 부른다. 큰소리로 말하면 아이들에게 좀 더 강하고 설득력 있게 보이고, 목소리가 작으면 아이의 마음을 움직일 수 없다는 말도 있지만, 목소리의 크기보다는 어조가 중요하다. 큰소리여도 자신 없는 어조로 이야기 한다면 아이들은 장난스럽게 받아들인다. 또 과하게 큰소리를 내는 것은 역설적으로 부모의 감정을 드러내는 셈이어서 아이가 우습게 여길 수 있다고 한다.

떼를 쓰고 조르는 아이를 대할 때는 더욱 단호함이 필요하다. 아이에게 한 번 "안 돼!"라고 할 때는, 이것이 '최종적인 부정'이 될 수 있도록 아주 신중하게 생각해서 말해야 한다. 한 번 안 되는 것은 영원히 안 되는 것이다. 열 번이나 안 된다고 말했다가 나중에 가서 결국 수락할 바에는 처음부터 허락하는 게 낫다.

형제가 있을 경우에는 잘못한 아이만 다른 공간으로 데려가 훈육하는 것이 좋다. 형제는 한 편이면서도 경쟁 구도에 있는 묘한 관계여서 다른 형제 앞에서 혼날 때 큰 수치심을 느낀다고 한다. 따라서 서로 자존심이 상하는 일이 없도록 부모가 배려할 필요가 있다.

요즘 아이들과
소통하기

　　　　　　　　　　　나이를 먹으니 나도 모르게
"요즘 애들은 말이야…"라는 말이 튀어나온다. 나도 한
때는 어른들의 걱정을 사는 자유로운 영혼이었는데, 어느
새 내가 그 '어른'의 위치에 서 있다.

막내를 통해 얻은 젊은 세대의 시각

무용단은 종일 함께 지낸다. 같이 있는 시간이 길어지

다 보니 연장자이면서 단장인 나의 잔소리가 점점 많아지는 것을 느꼈다. 작게는 식사 예절부터 연습 시간, 태도, 자세까지 자꾸 눈에 보이는 것을 지적하고 있었다. 이렇게 몇 년을 지내보니 스스로에게 질문하게 되었다. '내가 너무 보수적이고 유연성이 없나?', '너무 간섭을 하나?', '예술 작업을 하는 친구들인데, 규칙을 만들지 말고 자유롭게 그냥 둬야 하나?' 등 고민이 꼬리에 꼬리를 물었다. 하지만 아무리 노력해도 극복되지 않는 갈등이 생길 때면 '요즘 애들은 어쩔 수가 없네.'라고 혼자 단정짓고 포기해 버렸다.

일과를 마치고 집에 오면 막내가 나의 고민 상담자가 되어 주었다. 두 언니는 독일에 있고 혼자 유학 갈 준비와 검정고시 준비를 할 때였다. 밖에서 이해할 수 없었던 상황을 이야기하면, 아이는 단원들의 입장과 자기의 의견, 또래 친구들의 의견까지 조합하여 아주 객관적인 답을 해 주었다.

아이와의 대화를 통해 그동안 세대 차이라고만 여기고 내가 일방적으로 이해해야 한다는 생각을 바꾸게 되었다. 세대 차이가 아니라 생각을 표현하는 방법의 차이이며, 기본적으로 '바른 것'에 대한 기준은 모두 같다는 것을 깨닫고 나니 젊은 단원들과의 소통도 더 원활해졌다.

아이들의 문화를 인정하고 받아들이기

막내는 한동안 만화와 영화, 게임에 빠져 있었다. 특히 혼자 있을 때 애니메이션에 푹 빠져 있는 시간이 많았다. 사춘기 시절에 접하는 자극적인 영상물은 뇌와 사고방식에 안 좋은 영향을 미칠 수 있다고 하지만 스스로 절제하리라고 믿었다. 가끔은 폭력적이고 욕설이 많이 나오는 영화를 볼 때도 있었다. 나는 이 또한 세상을 알아가는 방법이라 생각하고 적당히 보는 것은 놔두었다. 남편은 안 봐도 될 것들을 왜 굳이 찾아가며 보느냐고 못마땅해 했지만 말이다.

아이가 선정적이고 폭력적인 만화나 영화, 중독성 강한 게임 등 '좋지 않은 매체'에 빠져들 때가 있다. 그런데 어른의 시각에서 그것을 통제하기 전에, 아이가 왜 좋아하는지를 생각해봐야 한다. 사춘기 때는 자기가 좋아하는 것들로 일상을 채운다. 그래서 아이가 무엇을 보고 즐

기는지 잘 관찰하면 불만족스럽게 생각하는 것, 내재되어
있는 부정적인 감정 등을 확인할 수 있다.

어느 날 둘째가 나에게 와서 "엄마, 예빈이가 욕을 해
요."라고 했다. 아이를 혼내자니 둘째의 입장이 난처할 것
같았고, 전후 사정도 알아보지 않고 아이를 다그치는 것
도 마음에 걸렸다. 고민을 하다가 저녁 식사 시간에 자연
스럽게 말을 꺼냈다.

"엄마 연습실 옆 담벼락 있지? 거기에 초등학교 6학년
쯤 돼 보이는 아이들이 모여서 얘기를 하는데 막 욕을 섞
어 하더라? 예빈아, 요즘 초등학생들이 욕을 많이 하니?"

아이는 조금 당황하는 듯 하더니 작은 목소리로 답했
다.

"네, 교회 친구들도 가끔 욕하는 거 봤어요."

"어머, 너도 해봤어?"

"조금 해봤어요."

"아, 그렇구나…."

별다른 이야기는 하지 않고, 일단 엄마가 언급했으니
알아서 하겠지 싶어 더 이상 말을 꺼내지 않았다. 하지만
그 뒤로 셋째가 욕을 하는 모습은 보지 못했다.

부모가 사사건건 간섭하거나 같은 이야기를 계속 반복

하면 아이들은 반감을 가지게 된다. 말이 길어지면 안 해도 될 말까지 하게 되는데, 그러면 아이들은 잘못한 점보다는 부모의 가시돋힌 말만 기억하게 되는 것이다. 또 자신이 부정당한다는 생각이 들어서 오히려 반항심이 생긴다고 한다. 나도 같은 생각이다. 부모의 말은 간결할수록 힘이 생기고 권위가 선다. 그리고 아이에게 상처도 주지 않을 수 있다.

인정받고 싶은 마음은 엄마도 마찬가지

아이들과 함께 마트에 장을 보러 갈 때가 있다. 둘째와 셋째는 건강한 먹거리를 중요하게 생각한다. 그래서 식재료에 관심도 많다. 장을 보면 유전자 조작한 콩은 절대로 안 되고, 유기농 작물을 사야 하고, 기름에 튀기거나 볶는 음식은 가능한 피하고…. 따지는 것이 아주 많다. 반면 큰딸은 '음식은 맛있게 먹으면 된다'는 주의다. 그래서 넷이 함께 장을 보면 나와 큰딸, 둘째와 셋째로 편이 갈린다.

하루는 둘째, 셋째와 같이 마트를 간 적이 있다. 카트를

밀고 내가 이것저것 담는데 둘이서 "엄마, 이건 안 돼요! 이것도!" 하며 하나하나 훈수를 두는 것이었다. 순간 화가 나서 "너희 집에 가! 다시는 같이 장보러 안 올 거야!" 하고 둘을 혼냈다.

어리둥절한 두 딸에게 속마음을 말해주었다.

"내가 장봐서 만든 요리 안 먹을 거니? 너희의 방식도 있지만 엄마는 엄마의 방식이 있어. 그게 싫으면 너희끼리 밥 해먹어."

나 역시 엄마 세대와 함께 있으면 삶의 방식이 달라 이것저것 참견하고 싶은 마음이 생긴다. 하지만 다른 시대를 다른 방식으로 살아온 어른들만의 방식이 있기에 함부로 이래라저래라 할 수 없는 것이다.

아이들이 크면서 종종 비슷한 상황이 일어났다. 큰딸과 함께 차를 타고 주차장에 차를 대는데, 옆 차의 운전자와 약간의 신경전이 있었다. 기분이 상해서 씩씩거리며 차를 거칠게 운전하니, 딸이 내 어깨를 다독이며 "엄마! 워, 워, 워. 진정하세요." 하는 것이다. '조그맣던 녀석이 언제 엄마를 가르칠 정도로 컸나.' 싶으면서도 아이들이 엄마에게 바른 소리 하는 이 상황이 잘 받아들여지지 않았다. 어쩔 수 없이 나도 권위적인 부모의 얼굴을 하고 있었다. 좀 더 유연한 사고를 해야겠구나, 반성한 순간이었다.

지금은 구세대가 되었지만 나도 한때는 신세대인 시절이 있었다. 춤을 통해 시대를 비판하고, 예술로 역사와 사회 문제를 이야기하고, 터부시되는 주제들에도 겁 없이 달려들던 시절. 그때는 "요즘 애들은 도통 알 수가 없어."라는 말을 들었다. 이제는 내가 구세대가 되어 우리 딸들에게 그런 말을 하고 있다.

세대 갈등은 사회에서뿐만 아니라 가정에서도 일어난다. 세대 간의 갈등 때문에 대화가 단절되고, 심지어 얼굴도 보지 않는 가족들도 있다. 이 문제에 대해서는 나도 현명한 해결책을 찾는 중이다. 하지만 한 가지 명확한 답은 있다. 서로를 낙인찍지 말고, 이해하려 노력한다면 소통의 길이 생긴다는 것이다. 내가 '요즘 애들은 어쩔 수 없어.'라고 단정 짓고 포기했을 때 셋째가 젊은 세대의 눈으로 바라보는 법을 알려주었듯 말이다.

독립심을
키워줘야 하는 이유

요즘 젊은 세대를 표현하는 다양한 신조어가 있다. 캥거루족, 헬리콥터맘, 리터루족 등. 캥거루족은 엄마의 주머니에 사는 캥거루처럼 독립하지 못하고 부모에게 의지해 사는 사람을, 리터루족은 독립했지만 전세난과 육아 문제 등으로 부모 집으로 다시 돌아가는 사람을 말한다. 헬리콥터맘은 착륙 전의 헬리콥터가 강력한 바람을 뿜어내듯 거센 치맛바람을 일으키며 평생 자식의 주위를 맴도는, 자식을 과잉보호하는 엄마들을 칭한다.

부모의 과보호는 우리나라뿐 아니라 전 세계적인 현상

이다. 성인이 되었음에도 스스로는 아무것도 결정하지 못하는 젊은이들이 늘고 있다. 대학에 들어가서도 엄마에게 전화해 수강신청을 어떻게 할 지 묻는 아이들도 있다. 일본의 한 회사는 신입사원 입사식에 부모를 초대해 설명회를 한다고 한다.

슬픈 사실은 친절한 부모가 언제까지나 곁에 있을 수는 없다는 것이다.

혼자 목욕하는 다섯 살

육체적으로는 성숙했지만 정신적으로는 부모에게 전적으로 기대는 아이들이 늘어나는 이유는 부모들의 양육 태도 때문이다. 엄마 아빠가 불안한 마음을 버리고, 아이들을 믿고 맡기는 자세가 필요하다.

아이들이 4, 5세 때에도 집에서 각자 샤워를 하고 머리를 감도록 했다. 머리에 약간의 샴푸가 묻어 있어도, 구석구석 깨끗이 씻지 못해도 그냥 지나갔다. 목욕도 되도록 스스로 할 수 있도록 가르쳤다.

아이들이 아홉 살, 다섯 살, 두 살일 때 아이들만 공중 목욕탕에 보낸 적이 있다. 자그마한 녀석들 셋이 손을 잡고 바구니를 들고 집을 나서는 뒷모습이 지금도 생생하다. 깨끗하게 했는지 안했는지는 문제가 아니다. 가서 목욕을 하고 온 자체가 중요했다. 그때 이야기를 하니 큰딸이 고백을 했다.

"엄마, 사실 그때 목욕탕에 있던 동네 아주머니들이 다 씻겨주셨어요."

엄마가 없는 아이들인 줄 알고, 불쌍하다며 등도 밀어주고 머리도 감겨주고 했다는 것이다. 그 조차도 기특했다. 어느 날 부모가 없어지더라도 주변 사람들의 도움을 받아 살아갈 수 있겠다는 생각도 들었다.

죽음이 눈앞까지 다가온 그날

1992년 11월 어느 날, 남편이 큰 교통사고를 당했다. 밤 열두 시 넘어 어떤 남자로부터 전화가 왔는데 "그 집 아저씨가 교통사고로 응급실에 있어요!" 하는 것이었다.

순간 멍해져서 상대방 목소리를 듣고만 있다가 "누구요?"하고 다시 물었다. 남편 이름이 분명했다.

두 살짜리 아이를 업고 병원으로 가기 위해 택시를 탔는데, 기사님이 병원 쪽으로 갈 수 없다고 했다. 교통사고가 크게 나서 길이 엉망이라 안 된다는 것이다. 그러면서 교통사고 현장을 말해 주었다.

"아마 그 승용차 운전자는 죽었을 걸요."

병원까지 가는 15분이 어떻게 흘렀는지도 모르겠다. 육교를 건너는데 하늘을 원망하는 기도가 절로 나왔다. 너무나 열심히 일한 우리에게 왜 이런 시련을 주시는지. 아직 젊은 우리 남편을 왜 벌써 데려가시는지 따져 묻고 싶은 심정이었다.

응급실에 들어서니 드라마에서 본 것처럼 급박한 상황이 연출되고 있었다. 임산부는 배를 잡고 고함을 지르고 있었고, 의사들이 바쁘게 움직였다. 그런데 응급실 한 구석에 얼굴이 하얗게 질려 앉아 있는 남편이 보였다. 앞니는 깨지고 눈썹 밑은 상처가 나 피가 흐르고 있었다. 그런데 그 얼굴은 보는 순간 나는 웃음이 나왔다. 죽은 줄 알았던 남편이 살아 있으니 얼마나 감사한지 몰랐다. 택시와 정면충돌을 했는데, 상대방 차에는 임산부가 타고 있

었다고 했다. 양쪽 운전자 모두 안전벨트를 한 덕에 큰 부
상을 입지 않은 것 같았다.

그 사고 이후 항상 죽음에 대한 준비를 하고 있다. 날마
다 일어나는 크고 작은 사건 사고들이 나를 비껴갈 것이
라고, 누가 확신하겠는가?

언제든 삶이 끝날 수 있다

우리 가족은 모두 장기 기증자로 등록되어 있다. 어느
날 집에 '장기 기증을 해주셔서 감사하다.'는 내용의 편
지가 왔다. 나는 한 적이 없는데, 이상하다 싶어 알아보니
막내가 가족을 장기 기증자로 등록해버린 것이었다. 사랑
이 많은 막내로 인해 우리 가족은 주민등록증 사진 옆에
핑크색 스티커가 붙었다. 누군가의 삶은 지지만, 그로 인
해 누군가의 삶이 살아난다면 기쁘게 동참할 수 있다.

가족끼리 "우리 몸은 우리 것이 아니다. 건강하게 관리
해서 다음 사람에게 잘 넘겨줘야 한다."는 말을 종종 한
다. 장기 기증 이후 나의 몸을 더 사랑하며 자기 관리에

욕심을 내게 된 것이다.

'마지막이 아름다운 삶'에 대해 진지하게 생각한 계기가 하나 더 있었다. 첫째가 독일에 있을 때 이웃집에 90세가 넘는 할아버지가 살고 계셨다. 아이는 혼자 계시는 할아버지의 안부를 살피기 위해 시간이 날 때마다 집에 가서 말동무도 하고 식사도 하며 친하게 지냈던 모양이다. 그런데 어느 날부터 할아버지가 딸아이에게 집에서 쓰던 냄비와 포크, 행주 같은 자잘한 물건을 깨끗이 닦아서 손에 쥐어주었단다.

"내가 세상에 없는 날이 오더라도 이 물건들을 볼 때마다 나를 기억해 주었으면 좋겠구나."

첫째는 할아버지와 오랫동안 함께한 소중한 물건을 함부로 다룰 수가 없어서 독일 집에 고이 두었다가 한국까지 싸가지고 왔다. 지금은 그 물건들을 우리 가족이 함께 쓰며 할아버지를 추억한다.

누군가에게 기억되는 존재라는 것은 얼마나 값진 일인가! 삶이 언제까지 허락될 지 모르지만 내일 당장 죽더라도 나의 주변을 잘 정리하고 싶다는 생각은 늘 든다. 그래서 아이들에게도 엄마가 없더라도 혼자 잘 살아갈 수 있도록 가르치고 독립심을 키우느라 애쓴 것 같다.

첫째가 10살 때 동생을 데리고 할머니 댁에 가보라고 한 적이 있다. 차비를 주면서 버스 노선을 알려주니 덜컥 자기들끼리 가보겠다고 한다. 뭘 몰라서인지 겁내지도 않았다.

버스를 타고 가다가 둘째가 멀미를 해서 내리자고 칭얼 댔더니 첫째가 냉정하게 "참아!" 한 마디 했단다. 결국 둘째는 참다 참다 버스 안에서 토하고 말았다. 어쩔 수 없이 중간에 내려 평소에 못 먹던 불량식품을 사주며 동생을 달랬다고 했다.

학교나 교회에서 수련회를 가면 준비물을 챙겨주지 않았다. 안내문을 보면서 스스로 챙기게 했다. 수련회에서 돌아오면 아이들은 볼멘소리를 했다. 빗, 수건, 칫솔 등 빠뜨린 게 한둘이 아니라는 것이다. 그러면서 다음에는 그 물건들을 가장 먼저 챙겼다.

아이들이 완벽하게 준비물을 챙길 거라고는 기대하지도 않았다. 하지만 그냥 못 본 척 내버려 두었다. 그렇게 하나씩 스스로 하는 법을 가르치는 것이다.

숙제도 붙잡고 앉아 같이 해본 적이 없었다. 했는지 안했는지만 확인하면 끝이다. 학교에서 본 시험지를 보여달라고 한 적도 별로 없다. 특히 둘째는 무슨 비밀이 그렇게 많은지 절대 가방을 못 열어보게 했다. 그럴수록 궁금했지만 아이가 원하지 않으니 참았다.

학과 공부에 소홀하기는 큰딸도 마찬가지였다. 엄마가 시험이 언제인지도 모르니 마냥 자기 하고 싶은 것만 하고 놀기만 한다. 준비도 없이 시험을 보니 똑똑한 아이여도 좋은 점수가 나올 리 없었다. 어느 날은 아이가 수학 시험지를 보여주는데 빨간 색연필로 '30점'이라고 적혀 있었다. 좀 심각해보여 "아이고, 예은이 이제 공부 좀 해야겠네." 한 마디 하니 심각성을 알고 시험공부를 하기 시작했다.

부모 없이 비행기를 태운 적도 있었다. 어린이가 동반자 없이 비행기를 타면 커다란 목걸이를 목에 걸고 승무원의 보호 아래 있어야 한다. 그런데 아이들이 출국 수속을 마치고 공항 안에서 도망을 가버렸다. 알아서 게이트도 찾을 수 있고, 비행기도 탈 수 있는데 꼭 승무원의 손을 잡고 들어가야 하는 게 싫었던 모양이다. 몇 분 후 방송으로 이름을 불러 어쩔 수 없이 목걸이를 하고 비행기를 탔는데, 너무 창피했다고 한다. 자기들도 엄연히 독립된 인격체인데, 스스로 움직이지도 못하는 어린애 취급받는 것이 기분 나빴던 것이다.

그래도 필요할 때는 늘 가까운 곳에

큰딸이 결혼을 하고 1년간은 다른 곳에 살다가 아기를 낳고 바로 옆집으로 이사를 왔다. 일과 육아를 병행해야 하니 누군가의 도움이 필요했기 때문이다. 그런 결정을 내리기까지 아이는 많은 고민을 했다. 어른이 되어 독립적으로 살아야 하는데 이제 와서 부모에게 도움을 요청하는 것이 염치없고 창피했던 모양이다.

아이에게 "네가 내 딸이 아니라, 다른 이웃이어도 이정도는 도왔을 거야."라고 안심시켜주었다. 어릴 적부터 혼자 모든 것을 해결해왔고, 그것이 당연하다고 여겼던 아이가 얼마나 고심했을지 뻔히 보였기 때문이다. 그렇게 얼마간 우리 곁에서 지내고, 큰딸 부부는 다시 독일로 나갔다.

지금도 절대 내가 아이들보다 앞서지 않겠다고, 스스로 다짐한다. 자녀의 삶에 지나친 간섭을 하지 말자고 계속 마음을 다잡지 않으면 나도 모르게 아이의 삶에 깊숙이 관여하게 된다. 부모는 아이를 믿고, 지켜보는 사람이다. 나서서 문제를 해결해주기보다는 해결할 수 있도록 도와주고, 그렇게 아이가 독립된 인간으로서 강인하게 설 수 있도록 그저 바라보기만 하면 된다.

3장

엄마가 되니
보이는 것들

꼭 어떤 엄마가
될 필요는 없다

"아이에게 모든 것을 걸지 마세요."

젊은 엄마들에게 꼭 해주고 싶은 말이다. 똑똑하게 사회생활을 잘 하던 친구들도 부모가 되는 순간 아이에게 모든 것을 건다. 내가 없으면 바로 설 수 없는 존재에 대한 우려와 집착은 당연하다. 하지만 적당한 거리두기가 필요하다.

아이에게 엄마가 '없어서는 안 될 존재'로서 기능하는 시기는 생각보다 그리 길지 않다. 그 짧은 시간을 위해 엄마의 인생을 온전히 아이에게 바치는 것은 어리석다고 말해주고 싶다.

'엄마' 아닌 '나'로 서기

나는 세 아이의 엄마이기 전에 춤을 추는 사람이었다. 작품을 만들고, 예술교육을 하며 춤을 통해 소통하기를 원하는 사람이었다. 그런데 아이를 가지면서 활동을 중단할 수밖에 없었다.

1987년 8월, 첫째를 낳고 활동을 잠시 중단했다가 다시 시작하려고 하니 자신이 없었다. 마치 나만 시대에 뒤처진 사람 같은 생각이 들어 도무지 용기가 나지 않았다. 실력은 몰라도 자신감 하면 알아주던 나인데, 어쩌다 이렇게 됐는지 서글프기도 했다.

당시 나는 경북 경주시 영일군 기계면이라는 곳에 살았다. 연습을 하거나 공연을 준비하기 위해 부산까지 가려면 시외버스와 시내버스를 몇 번씩 갈아타야 하는 시골이었다. 당시는 자가용이 없었으니 이동에만 3시간이 넘게 걸렸다. '산 넘고 물 건너'라는 표현이 딱 맞았다.

딸이 태어난 지 100일이 지났을 때부터 부산으로 연습을 하러 다녔다. 집에 돌아오면 시골 동네의 칠흑 같은 밤을 맞으며 갈등을 했다. 포기하겠다는 말이 매일 목구멍

까지 올라왔다. 젖은 차는데 수유를 하지 못하니 가슴은
통통 불어 아파서 만지지도 못할 정도였다. 아침이 되어
집을 나설 시간이 되면 갈등 또 갈등, 반복의 연속이었다.
그리고 어느 날, 나는 결단을 내렸다.

'도저히 못 하겠어. 기회는 또 생길 거야. 일단 아이부
터 키우고 생각하자.'

연습실에 전화를 해서 못 간다고 하려는 순간, 남편이
억지로 내 손을 끌고 버스정류장으로 갔다. 남편은 부산
으로 향하는 시외버스의 의자에 나를 앉히고 출발할 때까
지 그 자리를 지켰다. 그렇게 나는 일을 포기할 뻔한 고비
를 넘겼다.

하지만 생각처럼 움직이지 않는 몸, 집에 놓고 온 아이
에 대한 걱정은 사라지지 않았다. 현실에 대한 불안감이
보였는지 그런 나에게 남편은 잠시 외국에 다녀오는 게
어떠냐고 물었다. '지금이 아니면 안 된다.'는 생각이 들
었다. 망설이지 않고 미국 행 티켓을 끊었고, 두 달 정도
혼자만의 시간을 보냈다.

오로지 나만을 위한 행복한 날들이었다. 집으로 돌아올
때쯤엔 어느 정도 자신감을 회복할 수 있었다. 그렇게 본
격적인 재기를 준비하게 되었다.

결혼과 출산은 행복한 일이고 너무나 좋지만, 그만큼 채워지지 않는 갈증도 생기는 시기였다. '나'를 잃어버릴 수밖에 없는 상황, 타의로 내가 하고 싶은 일을 멈춰야 한다는 사실이 나를 더 목마르게 했다.

미국에 머물 때 나에게 "아기 걱정되지 않아요?" 하고 묻는 사람들이 꽤 있었다. 하지만 이미 떠나왔으니 걱정한들 소용없었다. 해결되지 않는 문제를 고민하느니, 나에게 더 집중하기로 했다. 아이에게도 중요한 시간이지만 앞으로 나의 인생을 어떻게 펼쳐 나갈지 다시 계획해야 하는 시점이기도 했다.

그렇게 첫째를 낳고 첫 번째 개인 공연을 했고, 둘째를 낳고 두 번째 개인 공연을 했다. 셋째를 낳고도 개인 공연을 했다. 그리고 아이들이 서로를 챙길 만한 나이가 되었을 때 '트러스트 무용단'을 창단했다.

내가 모든 것을 포기하고 희생만 해왔다면 우리 가족이 지금 같은 모습으로 살 수 있었을까? 당시 나는, 엄마는 처음이었지만 본능적으로 내가 살아야 아이도 행복하고, 가정도 안정됨을 알고 있었던 것 같다.

예은이 엄마? 아니, 트러스트 무용단 단장 김형희

우리 아이들은 엄마의 일을 의미 있게 생각하고 응원하는 편이다. 일반적인 예술 공연 단체와는 조금 다른 목적으로 만들어진 트러스트 무용단에 대해서도 잘 이해하고 있다. 그래서인지 지금도 일을 할 때마다 더 힘을 받는다.

트러스트 무용단은 단어 그대로 '신뢰'를 추구하는 예술인 단체다. 1995년에 무용단을 창단하면서 이름을 고민하고 있었는데, 애니메이션 〈알라딘〉을 보다가 '트러스트(trust)'라는 단어에 매료되었다.

알라딘에는 "나를 믿나요?(Do you trust me?)"라는 대사가 두 번 나온다. 첫 번째는 알라딘의 거처에 있던 재스민 공주가 군사들로부터 쫓기는 장면에서 나온다. 알라딘은 건물 아래로 뛰어내리기 전에 공주의 손을 잡으면서 "나를 믿나요?"라고 묻는다. 그러자 공주는 "네."라고 대답하고 함께 탈출한다. 공주는 알라딘의 말을 믿고 따름으로써 위험에서 벗어날 수 있었다. 여기서 '트러스트'라는 단어는 위험에 빠진 사람을 구출하는 열쇠 같은 말이다.

두 번째는 재스민 공주가 알라딘과 요술 양탄자를 타

고 전 세계를 일주할 때 나온다. 공주는 양탄자 위에 앉아 있는 알라딘에게 "어떻게 그 위에 떠 있을 수 있죠? 떨어지지 않나요? 위험하지 않나요?"라고 묻는다. 그러자 알라딘은 공주를 양탄자 위로 초대하며 "타보실래요?"라고 말한다. 이때 그 대사가 다시 등장한다. "나를 믿나요?(Do you trust me?)"라는 물음에 공주는 "네."라고 답하고 양탄자에 올라탄다. 두 번째 장면에서 '트러스트'라는 단어는 사람에 대한 신뢰, 나아가 '동지애'를 의미한다.

'트러스트 무용단'은 예술로 위험에 빠진 사람을 구하고, 신뢰를 회복한다는 미션을 가지고 있다. 로고도 알라딘이 공주에게 손을 내미는 모습을 형상화했다. 누구에게나 손을 내밀어 친구가 되고, 힘들어할 때 일으켜 세워주는 그런 단체가 될 수 있도록 다양한 활동을 하고 있다.

일을 통해 자존감을 지킨다

아이들을 교육하면서도, 삶을 살면서도 쉬운 길을 가려고 하지 않았다. 무용단 단원들 훈련도 '지옥 훈련'이라

불릴 정도로 독하게 시킨다. 내가 그랬듯, 함께 하는 단원들도 매일 한계를 극복하기를 바라는 마음으로 간절하게 연습한다. 아이들이 갓 태어났을 때 함께 있는 시간을 포기하는 대신 얻은 소중한 '나의 일'이기에 그 무엇도 건성으로 할 수 없다.

자녀의 조기 유학을 위해 가족이 헤어지고, 무리하게 교육비를 지출하고, 아이를 위해서라면 어떠한 어려움도 감수하는 부모들을 보면 안쓰럽고 한편으로는 안타깝다. 시작은 자식에 대한 사랑이지만, 어느 순간 그것이 가족을 옭죄는 덫이 되어 불화를 일으킨다.

희생하는 것이 진정 자녀를 위한 것인지 진지하게 고민해 볼 문제이다. 부모가 자기 삶을 열심히 사는 모습을 보여주면 아이들은 자연스럽게 보고 배운다. 그것이 어떤 희생보다 값지다고 생각한다.

무조건적인 사랑은 있을지언정 무조건적인 희생을 해서는 안 된다. 부모는 자신의 삶을 살아야 한다. 결혼과 동시에 환경과 상황에 많은 변화가 생기지만, 엄마는 엄마대로, 아빠는 아빠대로 자신의 일을 해나가야 한다. 부모가 자존감을 잃는 순간, 아이도 길을 잃고 말 것이다.

성장하는 엄마를 보고
자라는 아이들

　　　　　　　　　목표와 목적은 비슷한 것
같아도 많은 차이가 있다. 목표가 단기간에 이루어야 할
과제를 뜻한다면, 목적은 목표들을 통해 이루고자 하는
궁극적인 지향점, 추구하는 이상을 가리킨다. 그래서 목
표는 그때 그때 달라질 수 있고, 다양하지만 목적은 바뀔
수 없다.

　목표를 세우기 전에 목적을 먼저 세워야 한다. 삶의 의
미를 분명히 해야 올바른 목표가 생긴다. 목적 없이 '남들
이 다 하니 나도 그 길을 가겠다.'는 식의 생각은 언젠가
뼈아픈 후회만 가져올 것이다.

무용단을 시작하면서 목적을 분명히 세웠다. '신뢰 회복'. 그것이 트러스트 무용단의 존재 이유다.

우리 무용단은 나와 타인, 공동체, 우리나라, 나아가 세계인의 신뢰 회복을 주제로 작품을 만들고 공연을 펼친다. 때로는 나 자신과의 신뢰를 회복하는 치유 프로그램을 진행하기도 한다. 힘에 부치기도 하고, 좌절도 있지만 그럴수록 더 강인해지는 것 같다. 남편과 아이들은 그런 내가 살아 있는 것 같아 보기 좋단다. 인생을 걸고 이루고자 하는 꿈이 있는 엄마, 성장하는 엄마는 딸들의 꽤 좋은 롤모델이 될 수 있다.

엄마는 무슨 일 하는 사람이야?

아이들이 어렸을 때, 엄마가 무슨 일을 하는 사람인지 알려주기 위한 공연을 기획한 적이 있다. 어린이가 10명 정도 나오는 장면이었는데, 세 딸과 친구들을 출연시켰다. 아이들은 무대에 올라 관객들로부터 박수를 받는 기분이 어떤지 경험했다. 그 후로 나는 아이들 사이에서 '대단한 사람'이 되었고 아이들은 엄마의 공연에 대해 관심을 가졌다.

'엄마는 멋진 일을 하는 사람'이라는 것을 인식시키고, 인정받고 싶었다. 늘 함께 있지는 못하지만 엄마의 인생을 찾아 열심히 하는 모습이 아이들에게 어떤 자극이 될 거라는 기대도 있었다.

이제는 멋있게 늙고 싶은 마음이 생긴다. 무대 위의 엄마를 자랑스러워했던 것처럼 앞으로는 세상에 선한 영향력을 미치는 모습을 봐주었으면 한다.

엄마의 일에 대하여 1.

2003년부터 장애인 무용수들과 함께 작업을 하고 있다. 그 전까지는 몸이 불편하거나 장애가 있는 사람이 춤을 추는 것은 상상도 못했다. 대학에서 전공을 하고, 재능이 있는 소수의 사람만이 춤을 출 수 있다고 생각했기 때문이다. 몇 바퀴를 돌고, 얼마나 높이 뛰어오르고, 순발력과 지구력이 얼마나 좋은지가 좋은 무용수를 판단하는 기준이었다. 그런데 여러 무용수들을 만나면서 신체 조건이나 테크닉보다 더 중요한 것이 있다는 사실을 깨달았다. 내면에서 터져나오는 '울림'이었다.

편견을 뒤집을 때 새로운 것이 만들어진다. 기존의 질서를 깨부숴야만 창의적인 예술 작품이 탄생한다. 시각장애, 청각장애, 발달장애, 정신지체, 자폐 등, 장애를 가지고 있어도 춤은 출 수 있다. 오히려 그동안 자유롭게 표현하지 못했던 감정들이 폭발하여 훨씬 뜨거운 작품이 만들어진다.

장애 무용수의 움직임은 누구도 따라할 수 없는, 세상에서 유일한 움직임이다. 비록 비틀어진 몸이지만 자유로움을 갈구하는 몸짓은 '아름답다'는 말로 부족하다.

작품을 통해 장애인들이 세상과 신뢰를 회복하는 모습을 보여주고 싶다. 그들이 프로 무용수가 되어 함께 안무도 하고 세계를 다니며 공연하는 그날을 꿈꾸며 몇 년 전에 장애인 무용단 '캐인 앤 무브먼트(Cane & Movement)'도 창단했다. 그들과 함께 사람이 돋보이는 공연이 아니라, 폭발하는 에너지가 주인공이 되는 공연을 만들 날을 기대한다.

엄마의 일에 대하여 2.

우리 무용단은 실크로드를 따라 이동하며 춤으로 국제 교류를 하는 프로젝트를 진행하고 있다. 중앙아시아, 아제르바이잔, 터키, 몽골, 티베트, 중국 등을 거치며 우리 공연을 보여주고 현지의 전통 예술도 배운다. 민간 외교관이 되어 현지인들과 교류하고, 전문가와 예술적인 견해도 나누는 것이 이 기획의 핵심이다.

나는 오래전부터 유목민의 삶을 꿈꿨다. 많이 가지지 않고, 원하는 곳에서 원하는 일을 하는 삶. 그래서 실크로드 프로젝트는 나에게 더 매력적이었다. 특히 티베트는 기억에 남는 공연지다.

티베트에 도착해서 1주일 정도는 아무것도 하지 않고 먹고, 쉬고, 잤다. 고산병을 대비한 조치였지만 매일 지옥 훈련을 하던 단원들에게는 꿀맛 같은 휴식이었을 것이다. 산소가 부족해 두통이 심한 사람도 있고, 조금만 움직여도 숨이 차면서 입술이 파랗게 질리는 단원도 있었다. 아침이 되면 '밤새 안녕했는지' 가장 먼저 물을 정도였다. 한화로 2,500원 정도 하는 산소를 사서 먹으며 현지 적응을 했는데, 10일 차가 되니 스트레칭과 운동장 한두 바퀴 도는 일이 가능해졌다. 체력은 회복했지만 큰 문제가 있었다. 종교적인 이유 때문에 함부로 공연을 할 수 없었던 것이다. 현지인들을 만나 춤을 가르칠 수도 없었고, 머물 수 있는 곳도 정해져 있었다. 하지만 감시가 심한 중에도 예술로 소통하는 것은 가능했다. 현지 예술가들과 극적으로 접촉하여 티베트 전통 춤을 배우고, 우리의 공연도 선보이는 기회를 잡은 것이다. 그렇게 나와 단원들은 평생 잊지 못할 추억을 만들었다.

엄마의 일에 대하여 3.

트러스트 무용단의 주요 프로젝트 중 '소년원 아이들을 위한 프로그램'이 있다. 개인적으로 청소년들에게 관심이 많다. 그중에도 특히 탈학교 아이들, 공교육에서 뛰쳐나온 아이들을 돕고 싶다는 생각을 많이 한다.

나는 무용단 단장이지만 엄마이기도 하다. 우리 아이들도 정규 교육을 거부한 탈학교 아이들이었다. 엄마와 같은 심정으로 청소년들을 만나 이야기하고 싶었다. 사회에서는 '문제아'라는 낙인을 찍었지만 아이들을 만나보니, 문제는 어른들에게 있다는 것을 알 수 있었다. 상처받은 아이들은 쉽게 마음을 열지 않았다. 프로그램에 참가해서도 멀뚱히 서 있기 일쑤였다. 표현할 줄 모르는 아이들의 몸을 움직이기 위해 천천히 다가갔다. 처음에는 춤을 비웃던 아이들도 시간이 지나면 제법 진지하게 참여한다. 재미를 붙여 본격적으로 춤을 배우고 싶다며 나중에 무용단 연습실을 찾아온 녀석도 있다.

마음을 닫고 웅크려 있던 아이들이 작은 선물을 들고 나타나 쑥스럽게 인사하는 모습을 보면 그렇게 예쁠 수 없다. '보람'이라는 단어로는 표현할 수 없는 그런 감정 올라온다.

문제가 없는 인생은 없다. 나나 우리 가족도 현실적인 문제로 힘들 때가 있지만, 내 문제에만 사로잡혀 살지 않으려 한다. 남의 문제를 들어주고 도와주려 하다 보면 어느덧 내 문제는 사라지는 것을 경험한다.

나와 가족을 위해 사는 것은 우리 모두의 당연한 과제다. 이조차 실천하기 쉽지 않은 시대를 살고 있기에 방송

매체에서 따뜻한 가족애를 극적으로 보여주는 것일 테다. 그러나 나와 우리를 넘어서 이웃과 남을 돕는 삶을 사는 사람들을 볼 때는 내 인생의 목적이 떠오르고, 남은 삶의 목적과 방향을 다시 살펴보게 된다. 릭 워렌의 책 〈목적이 이끄는 삶〉에서는 '참된 만남, 참된 가족, 참된 교육, 참된 봉사, 참된 나눔'을 인생의 최고 목적으로 제시하고 있다. 나도 그런 사람이 되고자 끊임없이 노력한다.

모든 물건은 만든 목적이 있다. 길가의 하찮은 돌 하나도 자기의 역할과 사명이 있는 법이다. 하물며 만물의 영장인 사람은 어떠랴.

시험에 실패했다고 힘들어하는 아이들에게 다시 한 번 목적을 상기시켜주면서 용기를 불어넣어줄 수 있는 부모가 되어야겠다. 연애에 실패할 수도 있고 면접에서 탈락할 수도 있다. 그것이 인생의 전부가 아니건만, 목적을 찾지 못한 어른들로 인해 세상이 온통 어두운 소식투성이다. 목표도 중요하다. 그러나 목적은 그보다 훨씬 더 중요함을 가르쳐야 할 것이다.

아이는 부모의
소유물이 아니다

스물여섯 살에 첫 아이를 낳았다. 엄마가 되기 위한 준비도 안 된 상태에서 '어쩌다 보니' 엄마가 되어 있었다.

임신 7개월에 남편의 공중보건의 근무를 위해 면소재지에 집을 얻어 이사를 했다. 월세 3만 원의 흙집은 부엌과 방이 연결되어 있지 않아 밥을 먹으려면 밥상을 들고 다녀야 했다. 화장실은 재래식이었다. 그것도 마당을 가로질러 나가야 했다. 그야말로 오래된 드라마에서나 볼 수 있는 그런 집이었다.

아는 것 하나 없이 엄마가 되었다. 엄마가 되는 순간부터 아기와 함께 엄마의 역할을 배워나갔다. 특히 나는 젖몸살이 심해서 해산보다 모유 수유가 몇 십 배는 더 고통스러웠다.

좀처럼 줄지 않는 몸무게 때문에도 고생했다. 임신 기간에 몸무게가 많이 나가는 것은 당연하지만 자연분만을 하고 나서도 살이 빠지지 않았다. 무대에서 공연을 하려면 아무래도 몸매 관리를 해야 했다. 예전의 몸매를 되찾는 데는 시간도 필요했지만 음식의 조절도 필요했다. 하지만 모유 수유를 하다 보니 돌아서면 금방 배가 고파졌다. 그런데 주변에서 보기에도 내가 좀 많이 먹었던 모양이다. 어느 날 맛있게 밥을 먹고 있는데 남편이 다이어트를 해야 한다며 밥을 치워버렸다. 나를 생각해서 한 행동이라는 것을 알면서도 얼마나 서럽던지, 혼자 한참을 꽁해 있었던 기억이 난다.

나뿐만 아니라 모든 엄마들에게는 사연이 있다. 힘들게 낳아 기른 아이인 만큼 애정이 남다른 것은 당연하다. 하지만 그럼에도 불구하고 아이에 대한 욕심과 집착을 버려야 한다는 것이 내 생각이다. 내가 낳고, 길렀을지라도 아이는 부모의 소유물이 될 수 없다.

아이에게 퍼줘도 되는 것은 오직 사랑뿐!

아이가 부모의 뜻에 반하는 행동을 하거나 부모가 원하는 대로 되지 않으면 야단을 친다. 자녀를 소유물로 생각하는 대표적인 사례다. 이런 부모들은 상황과 감정에 따라 자녀를 대하는 자세가 달라진다. 아이들은 부모의 기분과 눈치를 살피며 그때그때 다르게 처신한다. 이런 분위기에서 자란 아이는 자기 의지보다는 주변에 이끌리는 어른이 된다. 또 부모가 아이의 감정을 컨트롤하고, 나쁜 감정조차 느낄 기회를 주지 않는다면 작은 일에도 쉽게 좌절하게 된다.

아이들은 제각기 다르며 자신만의 독특한 생각, 특별한 재능, 흥미, 능력을 갖고 이 세상에 태어났다. 아이들이 무엇이 되고 또 무엇을 할 것인가는 아무도 모른다. 그래서 통제하고 이끌기보다는 사랑을 주고, 지지하고, 지켜봐야 한다.

자녀가 부모의 기대를 충족시키기 위해 존재한다는 잘못된 생각은 버려야 한다. 부모는 그저 나에게 맡겨진 자녀를 보살피고 키울 의무만 다하면 된다.

그러면 자녀를 어떻게 대해야 하는지 고민이 된다. '아이를 존중한다'는 의미를 다시 생각해볼 필요가 있다. 아이가 원하고, 또 하고자 하는 것들은 모두 다 들어주는 것이 아이를 존중하는 것일까? 아이의 자존감을 높이는 데 도움이 될지는 모르겠지만, 그보다는 교육관과 양육 원칙을 가지고 '할 수 있는 것'과 '할 수 없는 것'을 가르치는 것이 현명하다.

아이는 부모의 사랑을 먹고 산다. 흔한 말이지만 사랑을 받고 자란 사람이 사랑을 줄 수 있다. 부모가 아이에게 한없이 줘도 되는 것은 '사랑'뿐이다. 사람마다 성향이 달라 사랑 표현을 자연스럽게 하는 사람도 있지만 절대로 하지 못하는 사람도 많다. 나 역시 그랬다. 사랑을 받고는 자랐지만 부모님으로부터 사랑한다는 말은 들은 적이 거의 없다. 우리 부모님은 칭찬에 인색하셨다. 못하면 야단치고 잘하면 아무 말도 하지 않는 분들이셨다.

옛날 어른들은 그런 걸 꼭 말로 해야 아나, 하시지만 표현하지 않으면 마음은 반감된다. 나 역시 아직도 익숙하지는 않지만 남편과 아이들에게 적극적으로 사랑을 표현하기 위해 계속 연습하고 있다.

그래도 고쳐야 하는 나쁜 습관이 있다면

지금 생각해보면 나도 계속 배우고 진화하는 중이다. 둘째가 돌이 지나고 엄지손가락을 심하게 빨았다. 손가락에 반창고도 붙이고, 쓴 약도 발라보고 별 수를 다 써도 버릇이 고쳐지지 않았다. 손가락을 빠는 모습을 발견할 때마다 인상을 쓰고 "손 빼!"를 외쳤는데, 아이에게는 그게 엄청난 스트레스였던 모양이다. 어느 날 만화영화 '로빈후드'를 보다가 후크선장이 잠결에 손가락을 빠는 장면을 보고는 갑자기 "손 빼! 손 빼!" 하고 소리치고 있었다.

지금 생각해보면 지혜롭지 못했다. 무조건 못하게 하는 것이 최선이 아니라, 아이의 입장에서 생각해봐야 했다. 나중에 알게 된 사실이지만 아이들에게는 '빨기 욕구'라는 것이 있다고 한다. 엄마 젖을 빨 때 느끼는 심리적 안정감을 찾기 위한 본능적인 행동이다. 그리고 '안 돼'라는 말이나 즉각 혼내는 행동은 늘 부모의 관심을 받고 싶어 하는 아이의 심리를 자극해 놀이처럼 인식될 수 있다고 한다. 잘못된 행동을 바로잡고 싶다면 과도하게 반응하지 말고 자연스럽게 관심을 다른 곳으로 돌리거나 다른 놀이로 넘어가야 한다는 것이었다.

첫째와 셋째에게는 발을 달달 떠는 습관이 있었다. 둘째를 통해 배우고 난 뒤에는 쫓아다니며 "하지 마!"라고 잔소리하지 않았다. 오히려 가만히 보고 있다가 "더 떨어! 더, 더!" 했다. 혼날 줄 알았는데 엄마가 추임새를 넣어주니 아이들은 아주 열심히 발을 떨었다. 그러다가 어느 순간 발목도 아프고 아무 의미도 없다는 것을 깨달았는지 "이제 안 할래요." 한다. 시간을 주고 스스로 깨닫게 하는 방법이 통했던 것 같다.

어떤 관계든 각자의 독립성이 온전히 지켜질 때 그 관계가 건강할 수 있다. 특히 가족은 가장 가까이에서 모든 것을 공유하는 관계이기 때문에 선을 넘지 않도록 더 주의해야 한다. 자녀와는 정신적으로 얼마나 분리되어 있느냐에 따라 가족의 행복 지수가 달라진다.

자녀는 우리에게 맡겨진 생명이고, 선물이다. 나의 소유인 양 일일이 관여하지 말고, 감시하지 말고 존중해야 한다. 부모는 자식의 소유주가 아니며, 자식은 부모의 소유물이 아니다.

때로 강한 모습을
보여야 할 때

몇 년 전, 독일에서 프로젝트를 마치고 한국으로 돌아오는 길이었다. 둘째와 셋째가 프랑크푸르트에서 기차를 타고 공항으로 가는 길에 동행했다. 오랜만에 자매가 만나니 대화가 끊이지 않았다. 즐겨 보는 TV 프로그램 이야기, 한국에서 유행하는 것들, 음식 등등 시시콜콜한 이야기인데도 뭐가 그렇게 재미있는지 몇 시간을 조잘댔다.

그 모습을 보면서 이렇게 헤어지면 혼자 남는 둘째가 또 얼마나 외로울까, 하는 생각이 들어 아이들의 대화에 끼어들었다.

"예진아, 엄마 가고 나면 이제 뭐 할 …"

"엄마! 잠시만요! 지금 우리 이야기 하고 있잖아요!"

내 말을 툭 자르더니 다시 자기들만의 세계로 빠져들었다. 충격이었다. 그 뒤로 할 말이 없어져 아무 말 없이 공항까지 갔다. 비행기 안에서도 내내 둘째의 말이 귀에 맴돌았다.

남편에게 이야기를 하니 아무 말도 않는다. 나는 속이 부글부글하고 무엇부터 어떻게 얘기할지 몰라 머리가 터질 것 같았다.

큰딸에게 전화를 걸어 대신 좀 이야기해달라고 부탁하니, 엄마가 직접 말하는 게 좋을 것 같다고 한다. 그러면서 "조금만 기다려주면 원래 모습을 찾을 거예요." 했다.

외국 생활을 시작하면 누구나 정체성의 혼란을 겪는 시기가 있다는 것이다. 어느 정도 환경에 적응되고 말도 익숙해지면 마치 현지 사람인 냥 착각하면서 그들의 문화까지 흡수해버린다는 것이었다. 그런 의미에서 보면 내가 대화에 끼어든 것이 잘못이었다.

혼란스러웠다. 아이의 입장을 이해해줘야 하나 싶다가도, 다른 나라에 살고 있지만 그래도 윗사람에 대한 예의범절까지 잊는 것은 옳지 않다는 생각이 들었다.

어떻게 가르쳐 주는 것이 좋을까 고민하는 새에 한 달이 지났다. 아이가 먼저 연락하기를 기다렸는지도 모른다. 그리고, 둘째에게 전화가 왔다.

"엄마! 이번에 학교에서 큰 프로젝트가 있는데 오디션에서 제가 뽑혔어요! 딱 2명만 뽑는 치열한 자리였는데, 정말 뿌듯해요. 공연비도 지원받을 수 있대요!"

흥분된 목소리로 기쁜 소식을 전하는 둘째에게 나직한 목소리로 말했다.

"예진아, 그 프로젝트 하지 말고 한국 들어와."

"네? 왜요? 왜요?"

같이 좋아해줄 줄 알았던 엄마가 의외의 반응을 보이니 당황한 눈치였다.

"생각나니? 독일에서 공항 갈 때 기차 안에서 네가 한 행동?"

"제 행동이요?"

"잘 생각해봐."

잠시 침묵이 흘렀다.

"얼마나 중요한 이야기인지 모르겠지만 엄마의 말을 끊고, '지금 우리 이야기 하고 있잖아요!'가 뭐니? 심지어 동생이랑 TV 프로그램 이야기하면서."

그 동안의 생각을 쭉 이야기한 다음 덧붙였다.

"그래서 넌 다시 예의를 배우고 가야겠구나!"

둘째는 이번 프로젝트가 얼마나 중요한 일이며, 얼마나 어려운 경쟁을 뚫고 선정이 되었는지 장황하게 설명했다. 하지만 나는 단호하게 '한국에 와서 방학 두 달을 보내고 가라.'고 말했다.

"엄마, 한국에 가도 할 일이 없어요."

"그냥 놀아. 노는 것도 공부고, 아무것도 하지 않는 시간도 필요해. 엄마가 볼 때 너는 쉼을 즐길 줄 몰라. 일 분 일 초도 그냥 있지를 않잖니."

둘째는 늘 바쁘다. 가만히 있으면 몸이 쑤시는지 늘 새로운 일을 벌이고 뭔가를 한다. 그런 아이를 보고 있으면 숨이 찼다. 이번 기회에 생각 정리도 하고 아무 것도 하지 않는 시간을 즐기길 바랐다.

"엄청난 프로젝트와 돈도 벌 수 있는 기회를 포기하기가 쉽지는 않겠지. 하지만 뭐든 다 가지면서 살 수는 없어. 엄마는 지금 너에게 둘 중 하나를 포기하라고 말하는 거야."

"네, 알겠어요. 하지만 시간을 주세요, 엄마."

그로부터 일주일 후, 둘째에게서 메일이 왔다.

엄마 말씀대로 이번 방학은 한국에서 보낼게요.

사실 아직도 엄마의 말씀이 완전히 이해되지는 않아요.

한국에 가면 그 뜻을 알 수 있겠죠?

힘들지만 … 따를게요.

감사한 일이었다. 다행히 둘째는 지금이 아니면 안 되는 일이 있다는 사실을, 진짜 중요한 것이 무엇인지를 아는 아이였다.

방학 동안 둘째와 함께 동서양의 차이를 공부했다. 그러면서 자연스럽게 어떻게 정체성을 지켜야 하는지에 대해서도 이야기할 수 있었다.

문제를 해결하는 방법

아이들을 유학 보낸 부모들을 만나면 '우리와 생각하는 방식이 달라 혼란스럽다.'는 얘기를 많이 한다. 단순히 떨어져 지내면서 생기는 문제가 아니고, 다른 문화권에서 생활하며 생기는 충돌이다. 특히 우리 아이들은 10대부터 유럽에서 생활한 탓에 동서양 사고방식의 차이를 꼭 알려주어야 했다.

동양인은 관계 중심적이고 서양인은 개인 중심적이다. 동양인은 자기만의 기준을 따르기보다는 타인의 시선을 의식하는 경우가 많다. 말하자면 '체면'을 중시하는 것이다. 다른 사람이 나를 어떻게 보느냐가 매우 중요하다. '내가 평가하는 나'가 아니라 '다른 사람이 평가하는 나'로 살기 때문에 혼란을 겪기도 하지만, 그러면서 공동체를 소중히 하는 문화가 발달했다.

반면, 서양은 개인 중심적이고 다른 사람이 어떻게 보든지 '나는 나'라는 생각을 가지고 있다. 그래서 남을 의식하기보다 내 생각, 내 관점 중심으로 살아간다.

언어 구조도 많은 차이점이 있다. 우리는 동사 중심이고 서양은 명사 중심이다. 예를 들면 "차를 더 마시겠냐?"고 물을 때 서양의 대표적 언어인 영어로는 "more tea?"라고 한다. '차'라는 명사만을 사용하는 것이다. 하지만 우리는 '마시다'라는 동사를 사용하여 "더 마실래?"라고 묻는다. '마시다'는 사람과 차 사이에서 일어나는 상호작용을 의미한다. 개체성을 중요시하는 서양은 명사를 사용하고 관계성을 중요시하는 동양은 동사를 사용하고 있다.

서양인이 보는 세상은 각각의 개체가 모여 집합을 이루고 있는 공간이고, 동양인이 보는 세상은 하나로 연결된 거대한 장과 같은 공간이라고 한다. 그래서 서양인은 각 개체를 가리키는 명사를 중심으로 세상을 바라보고, 동양인은 거대한 장 속에서 일어나는 상호 작용을 가리키는 동사를 중심으로 세상을 바라본다.

　우리가 탐독한 책은 〈동과 서〉였다. EBS 다큐멘터리를 원작으로 한 이 책은 서양으로 유학을 준비하는 부모와 자녀들이 함께 읽고 토론하면 좋다.

　많은 것이 서구화되고 있지만, 동양적인 공동체 정신은 지키고 싶은 것이 나의 욕심이다. 사회 문제의 큰 원인 중 하나는 공동체의 생존과 상생보다 나의 이익만 챙기고 살아남으면 된다는 '이기주의'라고 생각한다.

　공동체 의식은 넓은 의미에서 다른 사람의 입장을 헤아리고 배려하는 정신이다. '내가 대접받고 싶은 대로 남을 대접하라'는 성경 말씀과도 통하는 점이 있다.

　아이를 자유롭고 독립적으로 키우자는 것이 '방임'을 의미하지는 않는다. 그래서 때로 엄마는 강한 면모를 보여야 할 때가 있다. 그럴 때 어떻게 하는 것이 좋을지 많은 고민이 있었다. 전혀 관여하지 않다가 난데없이 부모가 아이의 생활에 끼어들면 오히려 반발심이 생길 수도 있기 때문이다.

그래서 필요한 것이 원칙과 규칙이다. 자유와 방종은 다르다. 주어진 책임과 의무를 알고, 지킬 때 주어지는 것이 자유라는 것을 아이들에게 가르쳐야 할 것이다.

배워서
남 주자

옛날 어른들은 이런 말을 자주 했다. "열심히 공부해라. 배워서 남 주니? 다 너를 위해서 하는 말이야." 공부를 열심히 하면 좋은 학벌을 얻어 출세할 수 있다는 뜻이 담겨져 있다. 나도 어릴 때 그렇게 생각했다. '나를 위해서 공부를 해야 하는구나.'

실은 그렇게 되기를 원하기도 했다. 열심히 공부를 해 나의 삶을 윤택하게 만들어 행복하게 잘 살고 싶은 마음이 컸다. 대학생 때부터 해외에 나가 무용을 배우고 싶은 마음이 있었지만 그럴 기회가 주어지지 않았다. 대학원 졸업과 동시에 결혼을 하고, 이어 임신과 출산을 하면서 우울증을 겪었다. 내 몸인데 내 마음대로 할 수가 없으니 그럴 만도 했다. 어릴 때부터 춤을 좋아해서 춤 아닌 다른 길은 한 번도 생각해보지 않았었다. 오로지 춤을 위해 살았고 머릿속에는 춤밖에 없었다.

춤을 추고 싶은 이유는 내가 좋아하는 일이기 때문이었다. 내가 행복하니까, 내가 잘하는 일이니까, 내가 인정받을 수 있으니까. '내가…'로 시작되는 이유만 수없이 많았다. 그래서인지 작품도 내가 좋아하는 것들만 주제로 만들었다. '내가 좋아하니까'라는 이유로, 남들은 이해 못해도 나만 만족하면 된다고 생각했다.

나를 위한 삶은 한계가 있다

나의 모든 삶은 춤이 중심이었다. 그러던 어느 날 삶의 주인을 만나게 되었고, 지금까지 나만을 위해 해왔던 모든 일들이 부질없게 느껴졌다. 계속 춤을 출 이유도 찾지 못하고 그만둘까도 생각했다. 당시 남자친구였던 남편은 나의 고민을 듣고, 하늘이 주신 재능을 포기하지 말고 더 열심히 해서 감동을 주는 안무가가 되면 좋겠다고 위로해 주었다.

다시 태어나는 기분이었다. 이제부터 나를 위해서가 아니라 남을 위해 재능을 쓰겠다고 결심했다. 누구나 춤출 수 있는 세상을 만들고, 춤으로 소통하고 싶다는 마음이 생겼다. 그 뒤로 나의 시야는 전과 비교할 수 없이 확장되었다. 시선을 달리하자 할 일이 무궁무진했다. 내 안의 창작 욕구를 분출하는 수단이었던 춤이, 누군가에게는 치유의 수단이 되었고, 누구에게는 위로가 되었다. 내가 가지고 있는 지식과 재능을 나누자 예상치도 못한 곳에서 아름다운 싹이 텄다. 비로소 내가 세상에 존재하는 이유를 찾은 것 같았다.

아이들에게도 전파된 '배워서 남 주기'

남편은 나보다 일찍 '남 주기'의 즐거움을 알고 있었다. 남편과 함께 의료 봉사를 갈 때마다 나의 재능을 통해 사람을 살리고, 공동체에 생명을 불어 넣는 일이 얼마나 아름다운지 깨닫게 된다.

아이들도 어려서부터 엄마 아빠를 따라다니며 이런 기쁨을 경험했다. 2000년도에 몽골에서 남편은 치과 의료 봉사를 했고, 큰딸은 또래 친구들에게 한글과 피아노를 가르쳤다. 특별한 기술이 없어서 뭘 할 수 있을까 고민하던 아이들은 현지에서 작게나마 힘을 보태며 많은 깨달음을 얻은 것 같다. 한국에 돌아와 "공부하는 이유는 나의 성공이 아니라 나누기 위함이라는 것을 알게 되었고, 작은 일에도 기뻐하고 감사하는 마음을 배웠다."고 말했다. 아이들을 가르치며 자기들도 아는 것을 복기하는 의미 있는 시간이었다고 한다.

지식이 많은 사람보다 지혜가 넘치는 사람

지식과 지혜는 비슷한 것 같지만 다르다. 지식이 사물과 세상에 대한 정보라면, 지혜는 현명하고 슬기로운 판단이다. 지혜로워야 지식도 제대로 활용할 수 있다. 그래서 아이들에게 지식보다는 지혜를 가르치려 노력한다. 남보다 몇 가지를 더 아는 것보다 따뜻한 마음, 열린 마음으로 배우는 자세, '어떻게 살 것인가?'에 대해 고민하는 것이 훨씬 가치 있다.

나이가 들수록 지혜로운 사람이 빛난다. 몸이 늙는 것은 어쩔 수 없어도 정신이 늙는 속도는 얼마든지 조절할 수 있다. 생각이 굳어지고 사물을 보는 방식이 단편적이 되면 남의 말이 귀에 들어오지 않는다. 혼자만 옳다 믿고 자기 말만 하는 사람 곁에는 아무도 가고 싶어 하지 않는다. 나이가 많든 적든, 지혜로운 사람은 마음의 유연성을 가지고 무슨 일이든 호기심과 흥미를 가진다.

새로운 것을 배우거나 새 환경에 적응하는 것이 귀찮아서 자기 속의 낡은 것에만 매달리면 몸은 건강해도 사회적으로 사망 선고를 받게 된다. 모든 사람은 나의 스승이 될 수 있다. 어떤 상황에서든 배우려는 자세가 필요하다. 배우려고 하지 않는다면 마음부터 노인이 되고 만다.

지혜로운 사람에게 늙는 것은 신나는 일이다. 인생에서 배운 것들을 타인과 나눌 수 있는 기회가 생기기 때문이다. 이것은 인간이 평생 누릴 수 있는 큰 행복이기도 하다.

아이와 엄마가
함께 행복해지는 법

참 이상하다. 우리나라 사춘기 아이들을 둔 가정을 보면 부모는 행복해 보이는데 아이의 얼굴에는 그늘이 져 있든지, 아이는 행복해 보이는데 부모의 얼굴에 근심이 가득하든지 둘 중 하나다. 공부 잘하는 자식을 둔 부모는 어딜 가든 으쓱대지만 정작 아이는 사교육에 치여 너무나 힘들어 한다. 반대로 아이는 하고 싶은 일을 하며 늘 상기되어 있는데 부모는 '저 녀석이 공부 안하고 딴 짓을 하네.'하며 불안해한다. 부모의 행복과 아이의 행복은 반비례하는 걸까? 부모와 아이가 함께 행복해지는 법은 없을까?

행복의 조건

지금도 아이들에게 가장 많이 하는 말이 '자기 삶에 대한 책임감', '행복'에 관한 것들이다. 우리 부부는 부를 축적해 유산을 물려주는 것이 아니라, 평생 살아갈 수 있는 지혜와 지식을 물려주고 싶다.

큰딸은 2015년에 결혼을 했다. 살림을 장만하고 결혼식을 할 때 예산을 딱 500만 원으로 잡고 넘지 않도록 신중하게 준비했다. 어릴 때 쓰던 책상과 서랍장 등은 집에서 가져가고, 가전제품이나 다른 가구들도 주변 지인으로부터 기증받아 신혼살림을 시작했다. 부모의 도움을 받아 차도 사고 좋은 집도 장만하고 가전제품도 새것을 사는 것도 좋지만 두 사람의 힘으로 최선을 다해 준비하는 모습이 훨씬 아름다웠다. 나 역시 비슷한 모습으로 결혼했다. 형식적인 반지 하나씩 나눠 끼고 간소하게 결혼생활을 시작했다. 둘째와 셋째도 언니처럼 실속 있게 결혼하겠다고 미리 다짐하고 있다.

금전적인 풍족이 행복의 크기를 결정하지 않는다. 오히려 풍요로움이 싸움을 불러오기도 한다. 사람의 욕심은 끝이 없어서 남보다 덜 가졌을 때 시기하고 질투한다. 그렇게 화목이 깨지면 다시 붙일 수 없다.

하지만 돈이나 지위 같은 몇 개의 기준이 아닌, 여러 개의 기준을 세우면 모두 자기 나름의 행복을 누릴 수 있다. 겉치레보다 중요한 것이 마음이다. 마음을 채우면 경쟁하지 않고 함께 가는 것이 가능하다.

누군가에게 감동을 주는 삶

내가 행복을 느끼는 순간 중 하나는 남에게 감동을 줄 때다. 무용단을 운영하고, 예술교육 프로그램을 운영하는데 시간을 쏟는 것도 '감동을 전하는 일'이기 때문이다. 특히 춤을 통해 누군가를 치유할 때는 나 역시 굉장히 큰 감동을 받는다.

생각, 성격과 특성, 모든 행동을 춤을 통해서 발견하고 자존감을 키워나가는 프로그램으로서 장애인, 보호관찰소 청소년들과 춤 교육을 해오고 있다. 각 지역마다 집이나 학교를 떠난 청소년들이 6개월에서 1년가량 머물며 보호를 받는 '청소년 보호 센터'가 여러 곳 있다. 그곳에 가서 아이들의 다친 마음을 어루만지고 자존감을 키우는 예술 수업을 하는 시간을 나는 무척 좋아한다. 처음에는 충격도 받았다. 자기소개를 하는데 아이들의 입에서 예상 치도 못한 말들이 튀어나왔기 때문이다.

저는 6학년 때 방화를 시작했어요. 저는 중학교 1학년 때 핸드폰 가게를 털다가 잡혔어요. 자는 사기죄로 소년 원에 갔다 왔어요. 제가 고등학교 때 엄마 아빠가 싸우다 가 엄마가 제 앞에서 자살을 하셨어요….

아이들은 기관에서 머무는 동안 검정고시 공부와 기술 을 배우는데, 교양 프로그램으로 나의 예술교육에 참여하 는 것이었다. 수업을 하면서 어떤 아이는 자기 안에 이런 기질이 있는 줄 몰랐다며 감동과 놀라움을 이야기한다. 수업 중간에 무용단 단원들과 함께 작품을 만들어 무대에 서 공연을 하는데, 그 짜릿함을 맛보고 나면 아이들은 '더 열심히 할 걸, 이런 기분일 줄 몰랐다.'는 반응을 보인다. 새로운 경험을 해서 너무 좋다고, 완전히 달라지고 싶다 고 고백하는 아이도 여럿 있었다.

예술 수업을 통해 아이들은 단순히 몸짓을 배우는 것 이 아니라, 일정한 계획에 따라 움직이고 행동이 변하는 과정을 체험하게 된다. 그러면서 목표도 가지게 되고, 변화하겠다는 의지도 다진다. 하지만 그것이 뜻대로는 되지 않는지, 센터에서 나갔다가 다시 돌아오는 아이들도 종종 있었다.

이런 적도 있었다. 개인적으로 찾아와 도움을 요청하기에 내 이름으로 휴대전화를 개통해주고, 요금도 몇 번 내주었다. 그런데 어느 날부터 아이와 연락이 되지 않더니 휴대전화로 물건을 사고, 심지어는 기계를 친구에게 팔아버렸다. 휴대전화 요금은 물론 기계 값까지 고스란히 물어내고 나서야 단순한 동정심만으로 아이가 해달라는 것을 무조건 해주어서는 안 되는구나, 깨달았다.

선의를 베푸는 행동이 나의 만족감을 위한 일시적인 것이어서는 안 된다. 시간을 두고 신뢰감을 형성해야만 감동을 주고 변화를 이끌어낼 수 있다.

내 인생의 N번째 아이들

수많은 아이들과 만나고 헤어졌다. 6개월 보호 기간이

지나면 각자 집으로 돌아가는데, 아이들의 소식이 궁금해 페이스북을 보면 타투, 핸드폰 홍보, 사채, 친구들 욕 등으로 거의 도배되어 있다. 걱정되지만 잔소리하지 않고 참고 기다리면 아이들은 도움이 필요할 때 태연하게 연락한다. "보고 싶어요, 선생님!" 그 말이 또 그렇게 감동이다.

최근에는 정말 말 안 듣고 불평으로 가득하고, 뭐든 하기 싫어하던 한 아이로부터 연락이 왔다. 나를 만나서도 한참을 망설이던 아이가 "선생님은 저를 도와주실 수 있을 것 같아서요."라며 입을 열었다. 거의 2년 만에 얼굴을 봤는데, 그 사이에 마음의 변화가 있었던 것 같았다.

그 아이는 어릴 때부터 시설에서 자랐다. 얼굴도 모르는 부모를 원망하며 어린 시절을 보낸 것이 후회된다고 했다. 그 상황을 받아들이고 이제부터라도 본인이 하고 싶은 것을 찾아서 해보고 싶단다. 엉덩이뼈가 아파 잘 걸을 수가 없다고, 같이 병원에도 가달라고 했다. 아이는 고등학교 2학년 나이에 야간 고등학교를 다니면서 낮에는 무거운 짐을 나르는 일을 하고 있었다.

정형외과에 가보니 의사가 "책상에 너무 오래 앉아 있었나보네. 아니면 운동을 심하게 했나?" 하고 묻는다. "집에서 엄마가 찜질을 좀 해주셔야겠어요."라는 말도 덧붙였다. 보통 가정의 엄마와 아들처럼 보인 모양이다.

어느 날 아이가 명절에 우리 집에 가면 안 되냐고 조심스레 물어왔다. 가족이 함께 명절을 보내는 것은 TV에서만 봤다고, 실제 모습이 궁금하다고 했다. 환영하며 "이제부터 우리 집으로 올 식구가 한 명 더 늘었네!" 했다. 성장하는 아이를 보면서 자식을 하나 더 키우는 마음이 들었다. 지금은 자기 의사를 표현할 줄 알고, 하고 싶은 것을 찾아가는 청년으로 잘 살고 있다.

큰딸이 유학을 마치고 한국에 돌아와 2년 쯤 지난 어느 날 나에게 볼멘소리를 했다.

"엄마, 요즘 매일 센터 아이들 얘기만 하는 거 아세요? 독일에 딸이 둘이나 있는데! 한 번도 애들 얘기는 안 하시고…."

변명할 말이 없었다. 센터의 아이들은 이미 나의 삶의 일부가 되어 있었다.

어느 여학생 한 명은 춤을 추고 싶어 해 우리 집에서 함께 생활한 적이 있었다. 보호 관찰을 받아야 하기에 주소지를 우리 집으로 옮기고 동거인으로 올려 같이 생활했는데, 그 아이에게는 우리 집이 또 다른 감옥이 되어버렸다. 나중에야 갑작스러운 환경 변화와 가정 분위기에 적응하기 힘들어 했다는 것을 알게 되었다. 아이는 보호 관찰 기간 3개월을 채우기도 전에 집을 나가버렸다.

애정을 쏟았던 아이였는데, 나도 실망이 컸고 마음이 힘들었다. 친구들을 찾아다니며 수소문하기도 했지만 행방을 알 수가 없었다. 그런데 1년이 지난 후, 아기를 낳았다는 소식을 전해와 돌잔치에 다녀올 수 있었다. 아이는 나와 함께 춤을 추었던 시간이 그립다며, 연습실에 나오고 싶다고 했다. 출산한 지 얼마 되지는 않았지만 몸을 만들고 있다면서 받아달라고 말하는 아이가 너무 예뻤다. "하루라도 빨리 춤을 가르쳐 사람들에게 선보이고 싶은 나의 욕심이 너를 떠나게 한 것 같다."며 오히려 내가 용서를 구했다.

사랑을 줄 수 있어서 행복하다. 봄기운에 눈이 녹듯 아이들 마음도 살살 녹는 것을 보는 것이 좋다. 아이들이 아니라 어른들의 시선이 문제다. 특히 청소년은 따뜻하게 바라봐주기만 해도 달라진다. 어른들이 디딤돌이 되어준다면 방황도 잠시 지나가는 바람에 불과할 것이다.

예술교육을 통해 만나는 아이들은 세 딸을 거저 키운 나에게 하늘이 주신 또 다른 숙제인 것 같다. 처음에는 엄마의 관심이 온통 다른 곳에 쏠려 있어 섭섭함을 표현했던 우리 아이들도 이제는 '엄마 스스로 행복한 일을 만드는 모습이 참 보기 좋다.'고 말해준다.

그러고 보면 부모와 아이가 함께 행복하게 사는 것이 그렇게 어려운가 싶다. 서로를 존중하며 각자 좋아하는 일을 해나가는 모습을 응원하면 되는 일인데 말이다.

손 내밀고 싶을 때
참는 연습

　　　　　　　　우리 부부는 아이들을 일
찍 독립시켜 도움 줄 일이 많이 없었다. 물론 마음먹고 아
이들의 삶에 참견하려면 할 수 있었겠지만 되도록 그렇게
하지 않았다. 손 내밀고 싶을 때 참는 연습, 그것이 부모
에게는 필요하다.

　우리 아이들은 유학 가서도 말 그대로 '각자 살아남았'
다. 집에서 생활비를 대주지도 못했고, 학비도 주지 못했
다. 다들 달랑 비행기표와 숙소 주소만 들고 비행기에 올
랐다. 아이들에게 독일 생활 이야기를 들으면 기특하고
사랑스러웠다. 때론 부모로서 너무 방관하고 있는 건 아

닐까 하는 생각에 울컥하는 날도 있었지만, 그 모든 순간이 자양분이 되어 씩씩하게 생활하는 아이들을 보면 '그때 안타까운 마음에 먼저 손을 내밀었다면 지금의 예은이, 예진이, 예빈이는 없었겠지.' 하는 생각이 든다.

여기에는 아이들로부터 들은 독일 생활 이야기를 적어 보겠다.

짠돌이 유학생 세 딸

세 아이는 독일에서 각각 다른 지역에 살았다. 첫째는 뉘른베르크, 둘째는 프랑크푸르트, 셋째는 본에서 살았다. 휴일이면 큰언니 집에 모여 같이 음식도 해먹고 밀린 수다도 떨었다. 첫째는 엄마처럼 동생들에게 용돈도 주고 반찬도 만들어 주었고, 동생들은 언니의 보살핌으로 집에 대한 그리움을 달랬다.

생활비가 떨어질 때면 서로 돈도 빌려주었던 모양이다.

"언니 얼마 있어?"

"이번 달 생활비 20유로 정도 남았어."

"와, 부자다! 나 5유로만 빌려줄래?"

5유로면 우리나라 돈으로 6,000원 정도다. 그 돈으로도 일주일은 살았다고 한다. 그것도 생활의 지혜라고 서로 공유하며 좋아하는 모습이 눈에 선하다.

독일에서 학생 신분으로 있으면 적은 돈으로도 살 수 있다고 한다. 학비만 내면 교통비가 나오고, 집에서 요리를 하면 식비는 얼마든 절약할 수 있었다.

큰 딸이 입학했을 때는 학비가 있었다. 500유로 정도. 우리 돈으로는 한 학기 70만 원 꼴이다. 아이들을 독일로 보내기로 결정한 이유 중 하나가 저렴한 학비 때문이었다. 독일 대학은 거의 무상교육이다. 그러나 무상교육 때문에 학교 발전을 위한 과감한 투자가 이루어지지 않아 대학의 질이 떨어지고 경쟁력이 약화된다고 하여 2005년부터 일부 대학에서 등록금을 받고 있었다. 독일 학생들은 시위를 벌이며 강력하게 반발했다. 학비 안에는 교통비까지 포함되어 있어서 우리나라 대학의 등록금에 비하면 그리 부담스러운 금액이 아니다. 그런데도 독일 사람들은 용납할 수 없었던 모양이다.

독일은 돈이 없어 대학교육을 못 받는 일은 드물다. 교육 격차를 해소할 수 있는 제도적 장치가 마련되어 있기 때문에 이로 인한 빈곤의 악순환은 발생하지 않는다. 한 집에서 두 명 이상 대학에 다니면 장학금을 주는 제도도 있었는데, 유학생도 적용된다고 했지만 우리 아이들에게는 기회가 오지 않았다. 서로 다른 지역의 학교를 다니기 때문이라고 했다.

첫째는 졸업 때까지 등록금을 냈고, 둘째는 등록금을 내다가 중간에 일자리를 구해 학비가 절반 정도밖에 들지 않았다. 학교 안에서 비디오 촬영하는 일을 하면 매달 200유로씩 받는 아르바이트를 구해서 공부를 마칠 때까지 스스로 학비와 생활비를 충당했다. 막내가 학교를 갈 때는 정책이 바뀌어 학비가 전혀 없었다. 기본적으로 필요한 생활비만 아껴쓰면 한국보다 더 절약할 수 있는 환경이었다.

아이들이 방학 때 집에 오면 오히려 돈이 더 많이 들어갔다. 사회적인 분위기 때문인지 외출하려면 옷도 적당히 차려입어야 하고, 밥도 아무 데서나 먹지 않게 된다고 했다. 미용실 가고, 옷도 좀 사고, 오랜만에 만나는 친구들에게 밥도 사고 하다보면 지출이 너무 많다고 불안해했다.

첫째가 공부를 마칠 때쯤, 만나는 사람들이 달라지니 옷 입는 것도 달라진다며 불만스러워 했다. 학교 다닐 때는 자전거를 타고, 청바지의 허벅지가 닳을 정도로 편한 옷만 찾던 친구들도 의사 공부를 마칠 때쯤 되니 스타일이 변하고 전에 볼 수 없었던 모습을 보게 된다고 했다. 한국이나 독일이나 어쩔 수 없는 변화인 것 같다.

딸은 겉모습이 전부가 아니라는 것은 알지만 자기도 괜히 의식하게 된다면서 이제 자기도 격식을 차릴 때 입을 옷 몇 벌은 있어야 할 것 같다고 했다. 그래서 유학을 마치고 돌아온 큰딸과 쇼핑을 하러 갔다. 신발도 사고 옷도 장만했는데, 그때 처음으로 하이힐을 한 켤레 샀다. 그런데 지금까지 아이가 그 신발을 신은 것을 한 번도 보지 못했다. 신어보니 너무 불편하기도 했고, 하이힐을 신고 다니는 삶은 본인이 추구하는 이상과는 거리가 멀다는 것이었다. 그러면서 한 말이 울림이 있었다.

"엄마, 아무리 열심히 꾸며도 아름답지 않은 사람이 있는 거 아세요? 어떻게 사는지, 무슨 생각을 하는지에 따라 얼굴은 변하는 것 같아요. '나이 들면 자기 얼굴을 책임져야 한다'는 말이 있다고 하셨잖아요. 얼굴이 내 삶의 모습을 보여주는 게 아닐까 하는 생각이 들어요."

딸의 말을 듣고 나서 거울을 더 자주 보게 되었다. 매일 거울을 보면서 내가 살아온 모습을 반성한다.

약속과 규칙에 철저한 독일, 사람 사는 맛이 있는 한국

독일에서는 연말이나 휴일이 되면 가족끼리 모여 휴가를 보낸다. 아이들은 그럴 때마다 늘 가족이 그리웠다고 한다. 그럴 때마다 한인 교회에 나가서 사람들을 만나고, 한국 음식도 해먹고 하면서 외로움을 달랬다고 했다.

신년에는 폭죽을 터트리면서 새로운 해를 축복하고, 가족들이 모여 보드게임을 한다. 독일 사람들은 여가 시간에 할머니, 할아버지부터 아들, 손자까지 옹기종기 모여 앉아 게임을 즐긴다. 이 시간을 통해 규칙과 공정한 경쟁에 대해 배운다고 한다. 아무리 어린 아이라도 봐주는 법이 없다. 우리나라 어른들이라면 한 수 물러줄 법도 한데, 독일의 부모들은 꽤 엄격하다.

한국이 아이가 어릴 때 많은 요구를 들어주다가 나이가 들면서 서서히 엄격해지는 쪽이라면, 독일은 아이가 어릴 땐 아주 엄격하다가 자라면서 점점 풀어주는 쪽이다. 어느 쪽이 맞는지는 개인에 따라 판단할 문제지만 좋은 습관을 들이기 위해서는 어릴 때부터 중심을 잡아주는 것도 필요하다는 생각이 든다.

독일 사람들은 감성보다는 이성적이다. 그래서인지 일반적으로 '독일인' 하면 떠오르는 이미지가 정직, 성실, 근검절약 같은 것들이다. 매사에 논리적이고 계획적이어서 가볍게 생각하거나 행동하지 않는다. 그리고 일단 결정하면 오랜 기간 그 결정을 지속한다.

몇 년 전 나는 잘 따지지도 않고 서류에 서명을 하는 바람에 손해를 본 경험이 있다. 구두로 여러 번 확인한 터라 별 생각 없이 계약을 맺었다가 고스란히 돈을 물어내는 경험을 했다. 큰딸의 말이, 일단 사인을 했으면 독일에서는 어떤 예외도 존재하지 않는다는 것이었다.

독일인은 약속을 쉽게 하지 않는다. 서로의 모든 사정을 고려하며 지킬 수 있는 약속인지 아닌지 충분히 따져보고 약속을 철저히 지킨다. 한국에서 하듯 독일에서 "우리 식사 한 번 해요."라고 말하면 난처한 상황에 처할 수도 있다. 우리나라 사람들은 인사치레려니 하고 "네, 그래요." 하지만 독일 사람들은 "언제, 어디서 볼까요?"라고 물어온다.

독일에서 가장 큰 욕은 '거짓말쟁이'라고 한다. 유치원 때부터 '정직하라'는 교육을 받고 거짓말은 아주 나쁜 것이라고 배우기 때문에 잔재주나 얄팍한 요령을 피우는 사람을 싫어한다. 물건을 팔기 위해 '내 물건이 제일 좋다'는 식의 말도 함부로 하지 않는다. 물건을 팔기 전에 고객을 특별히 잘 대우 하지도, 판매 후라고 하여 무관심이나 냉대하지도 않는다. 물건 값도 한 번 정하면 그것으로 끝이다.

첫째가 공부를 마치고 한국에 돌아와 한 말이 "이제야 사람 사는 맛이 나네!"였다. 사기치고, 남을 속이기도 하고. 사건 사고가 많은 나라이지만, 그게 사람 사는 맛이 아니겠냐고 했다. 시장에서 물건을 흥정하며 사는 것도 재미있다고 한다.

스위스에 가보니 거리에는 쓰레기 한 조각도 없고, 숨을 쉬는 것만으로도 머리가 맑아지는 것 같고, 수돗물도 바로 먹어도 되는 정말 깨끗한 나라였다. 조용하고, 안정적이고, 사람들 표정도 온화한, '평화'라는 단어가 절로 떠오르는 그런 나라에서 평생을 살면 재미있을까? 모든 게 갖춰져 있어 오히려 지루할 것 같았다.

우리 삶은 바쁘다. 살아있는 것 같다. 할 일이 많아서 스트레스도 받지만 그렇기 때문에 성취감을 느끼고, 무언가를 더 해보려 노력한다.

부모에게 많은 재산을 물려받아 노력하지 않고도 편안하게 살 수 있다면? 힘들 때, 말하지 않아도 손 내미는 부모가 있어서 애쓰지 않아도 뭐든 얻을 수 있다면? 아이는 평생 행복할까? 아마 그렇지 않을 것이다. 나의 노력 없이 얻는 것은 내 것이 아니기 때문이다.

아이들이 어릴 때 종종 이런 말을 해주었다.

"우린 너희에게 물려줄 재산은 없어. 하지만 늘 너희 편에 서서 응원할 거야. 우리가 먼저 손 내밀지는 않겠지만, 도움을 요청한다면 언제나 옆에 있을 거야."

모든 부모는 아이들에게 배움과 지혜라는 선물을 준다. 그리고 세상을 개척하며 살아 갈 수 있는 육체와 힘도 준다. 그것만으로 충분하다. 나머지는 아이가 스스로 이뤄 나가기를 믿고 기다리면 된다.

4장

달라도 괜찮아,
제멋대로 저답게

뒷모습이
더 아름다운 사람

모든 사물에는 보이는 면과 보이지 않는 면이 있다. 사람의 인지 능력과 시각의 한계로 인해 모든 사물에는 '이면'이 생긴다. 사람도 마찬가지다. 지금 마주하고 있는 얼굴과 말이 그의 전부가 아니다. 보이지 않고 들리지 않는 부분이 반드시 존재한다. 보이지 않는 부분과 표현되지 않은 부분, 즉 '사람의 내면'을 쉽게 '뒤'라 표현하고 싶다. 훌륭한 인격자나 지도자는 앞보다 뒤가 더 아름답다. 그래서 우리에게는 사람의 앞모습에 현혹되지 않고, 뒤를 살필 줄 아는 눈이 필요하다.

'앞만' 아름다운 사람과 '앞도' 아름다운 사람

이십여 년, 단체를 이끌며 만난 수많은 사람들을 통해 인간의 '앞모습'과 '뒷모습'에 대해 진지하게 생각해보았다. 앞이 아무리 멋있고 아름다워도 뒷모습이 따라주지 못하면 우리는 실망하게 된다. 반면, 앞은 그다지 아름답지 않지만 뒤가 아름다운 사람을 만나면 감동이 있다.

돌이켜보면 내 주변에는 앞보다 뒤가 아름다운 사람이 많았던 것 같다. 외롭고 소외된 삶을 사는 사람, 인생의 질고로 낙심하고 방황하고 있는 사람, 어디서도 환영받기 어려운 과거를 가진 사람…. 비록 겉모습은 일그러져 있었지만 내면은 순수하고 아름다운 경우가 많았다. 그들의 복잡한 뒷모습을 이해하면서 건강한 관계를 맺을 수 있었다.

사람의 '뒤를 알아본다.'는 말은 두 가지로 해석될 수 있다. 하나는 사회에서 일반적으로 행해지는 '뒷조사'다. 이 경우에는 상대의 행동, 언행의 진실성 여부를 살펴 허위와 부정과 불법을 폭로하는 것이 목표가 된다. 다른 하나는 한 사람을 살리기 위한 뒷조사다. 그 사람이 사회에

온전히 발붙이지 못하게 하는 원인을 찾고, 문제를 해결하는 것이 목표다. 뿌리 깊은 상처를 발견해 치료하고 보살펴서 건강하게 일어서도록 돕는 '선한' 뒷조사가 우리에게는 절실하다.

사람의 '뒤'를 보기 위해 나는 다른 사람의 내면과 뒤를 살피는 공부를 많이 했다. 심리학책을 탐독하고, 상담과 마음 치유에 대한 강의를 찾아 듣고, 배우러 다녔다. 내가 무용단을 이끌면서 만난 사람들은 유독 이런 지친 뒷모습을 가진 경우가 많았다. 때로는 그들이 내게 너무 무거운 짐으로 다가와, '괜히 시작한 건 아닐까?'하는 후회가 들기도 했지만, 공동체 생활을 통해 회복하고, 건강한 사회인이 되어 나래를 펴고 떠나가는 모습을 보면 내 마음도 행복으로 충만해진다.

아이의 뒤를 가꿔주는 부모

아이의 뒤를 건강하게 지켜주는 것. 눈에 보이는 것보다 보이지 않는 것을 올바르게 심고 세워주는 것. 가정에서 자녀교육을 하면서 중요하게 생각했던 점이다. 스펙이나 외모 등 남이 보기에 그럴듯한 앞모습을 갖추는 데 시간을 쓰기보다 사귀면 사귈수록 깊고 진한 사랑을 느낄 수 있는 사람, 진실하고 함께 있으면 든든한 사람, 언제나 변함없는 사람, 앞뒤가 다르지 않고 말과 행동이 일치하는 사람이 되기 위해 애써야 한다고 늘 강조했다. 그리고 우리 부부는 아이들이 외부에서 상처를 받았을 때 뒤를 감싸줄 수 있는 평안하고 화목한 가정을 만들기 위해 노력했다.

학교와 학원에서 가르치는 지식과 정보와 기술만이 전부라고 생각한다면 좋은 사회 구성원이 될 수 없다. 만족스러운 인생을 살기도 어렵다. 인생에 정말 필요한 것은 지혜와 사랑이다. 그것들은 오히려 보이지 않고 들리지 않는 곳에서 강하게 작용한다.

무엇이 강한 사람을 만드는가? 우리는 그동안 각종 지표와 외모, 배경을 잣대로 사람을 평가했다. 스펙이 좋으면 다른 사람 위에 설 수 있다고 착각하고 살아왔다. 그러나 엘리트들의 부도덕한 말과 행동을 보면서 그보다 중요한 것이 있음을 깨닫는다.

세 딸은 한 사람 한 사람이 다 독특하고 장단점이 있다.

첫째는 용감하고 잘 참으며, 둘째는 겁이 많지만 무슨 일이든 최선을 다하고 헌신한다. 막내는 결코 서두르지 않고, 타인에 대한 배려심이 크다. 이렇게 모두 다르지만 하나같이 사랑받는 아이들이다. 아이들이 좋은 학교를 나왔거나 좋은 직업을 가지고 있어서가 아니다. '뒤가 아름다운 사람'이 되기 위해 노력하기 때문이다.

뒷모습은 숨길 수가 없다. 나는 볼 수 없지만 타인에게는 활짝 열려 있는 뒷모습은 진솔하다. 사람과 사람의 관계는 마주보았을 때가 아니라 나란히 섰을 때 깊어진다. 앞모습뿐 아니라 나의 뒤와 상대의 앞이 포개졌을 때, 진실한 관계를 맺을 수 있다. 뒤를 가꾸고 서로의 뒷면도 사랑하는 사람들, 그런 사람들이 더 많아지기를 기대한다.

지식보다
진리를 가르치기

세상 모든 것은 변한다. 지금 보이는 것은 언젠가 보이지 않게 될 것이다. 지금 보이지 않는 것이 때가 되면 나타날 것이다. 그렇게 계속해서 변하는 세상 속에 우리는 살고 있다. 그런데 우리는 눈앞에 보이는 게 전부가 아니라는 것을 알면서도 그 사실을 쉽게 잊는다.

사람이 볼 수 있는 가시광선의 파장은 380~780나노미터로 극히 좁은 영역대. 그 외의 자외선, 적외선, 감마선, 초단파 등은 육안으로 감지할 수 없고 특별한 기기의 도움을 받을 수밖에 없다. 사람이 들을 수 있는 주파수도 초당 250~20,000헤르츠 정도인데, 그나마도 일정한 강도를 지녀야 한다. 이렇게 인간은 극히 제한적인 정보 속에서 살아간다. 어쩌면 이것은 우리에게 주어진 복이기도 하다. 만일 모든 정보를 다 받아들이면 사람은 괴로워 더 이상 살 수 없을 것이다. 적절한 양과 강도와 범위의 정보가 있기에 오히려 편안히 살 수 있다.

우주적인 정보와 물질 중 극히 일부만을 사용하며 사는 것이 인간의 생이다. 그것도 지적, 감각적, 체력적 한계를 안고 백 년도 되지 않는 짧은 생을 산다. 이렇게 한정된 조건 아래 살기에 우리는 평생 '변하지 않는 무엇'을 찾아 헤맨다.

변화무쌍하고 불확실한 세상 속에서

사람은 자신은 변해도 변하지 않는 무언가와 함께하고 싶어 한다. 그래야 안심이 되고 힘이 나기 때문이다.

언제 가도 그대로인 고향집은 생각만 해도 푸근하고 기분이 좋아진다. 구석구석 낡아서 바래고 헤졌지만 도시

생활에 지친 몸과 마음을 감싸주는 넉넉함은 그대로다. 그 집을 지키는 따뜻한 가족들, 집 앞의 오래된 국밥집, 언제 가도 정겨운 전통 시장. 모두 마음을 평온하게 하고, 힘을 주는 것들이다. 그 뿐인가, 요즘 젊은 사람들은 안정적인 투자를 위해 가장 오래되고 변치 않는 화폐인 '금'을 선호한다고 한다.

반면, 변하지 않을 것이라 믿었던 것이 변하면 우리는 큰 공포심을 느낀다. 딛고 서 있는 땅이 흔들리거나 꺼지는 것, 교통법규를 지키지 않은 상대에 의한 사고, 믿었던 사람이 어느 날 내 돈을 가지고 사라지는 일 등은 예측할 수도 없이 우리 삶을 파괴한다.

오늘 함께 한 사람이 내일은 영영 볼 수 없는 관계가 될 수도 있다. 멀쩡히 길을 걷다가 큰 화를 입을 수도 있고, 뉴스에 나오는 테러의 주인공이 내가 될 수도 있다. 비행기를 타고 외국에 나가는 것도 사실은 꽤 위험한 일이다. 공연을 하기 위해 해외에 자주 나가지만 비행기를 탈 때마다 '다시 못 오면 어쩌지?' 걱정을 한다.

병이 들거나 수명이 다해서 예측되는 죽음을 맞을 수도 있지만 어느 날 갑자기 죽음이 닥칠 수도 있다. 이런 위험하고 변화무쌍한 세상에서 무엇을 믿고 의지해야 흔들리지 않는 삶을 살 수 있을까?

아이들에게 가르쳐야 하는 진짜 공부는 당장 성적에 도움이 되는 수학 공식이나 영어 단어가 아니다. 어떤 상황에서도 우리가 의지하고 신뢰해야 할 무엇이 있음을 가르치고 그것을 놓치지 않도록 주의를 주는 것이다. 그리고 언제일지 모르는 삶의 끝을 걱정할 것이 아니라 하루하루 감사하며 사는 것이 삶의 지혜임을 알려줘야 한다.

결국 부모는 자녀를 두고 떠나게 되어 있다. 아니, 그 전에 자녀들이 먼저 부모 곁을 떠나 제 갈 길을 가게 되어 있다. 따라서 부모는 아이에게 영원한 존재가 될 수 없다.

돈은 어떨까. 돈 자체는 영원할지 모르지만 영원히 나와 함께 있지는 않는다. '돈에는 날개가 있어 어느 날 홀연히 떠나간다.'는 아버지의 말씀이 생각난다. 무릇 돈이란 적절히 쓰고 나눌 줄 알아야지, 집착하면 할수록 내 곁에서 멀어진다는 뜻일 테다. 궁핍하지 않으면 족한 줄 알아야 하는데, 마치 돈이 모든 것을 해결해주고, 늘 자기를 지켜주는 줄 착각하는 사람들이 많다. 그들의 비참한 결말을 우리는 수없이 봐왔다.

엄마도, 아빠도 믿으면 안 돼!

나는 딸들에게 어릴 적부터 부모도 믿을 존재가 못 된다는 것을 경험하게 했다. 안 다칠 정도의 높이에 아이를 세워두고는 안아주는 척하다가 피해버린다. 혼자 넘어진 아이는 놀라서 울고불고 난리가 난다. "예은아, 엄마를 너무 믿으면 안 돼~." 하면서 꼭 안아주면 아이는 샐쭉해서는 "나는 엄마 안 믿어요!" 한다. 다음에 또 비슷한 실험을 하면 아이는 엄마 품이 아닌 자기가 착지하고 싶은 곳을 향해 뛴다. '무조건적인 의지'가 얼마나 위험한지 몸소 경험한 아이는 자립심이 더 커진다.

대신 변치 않는 모습을 아이들의 마음속에 심어주려 애썼다. 부부가 서로 존경하며 사랑하는 모습, 타인을 인격적으로 대하고 대화하려는 자세, 남을 시키기보다 앞장서서 모범을 보이는 일 등이다. 남편은 신실한 기독교인인데, 아침마다 늘 성경을 읽고 기도하는 모습을 보였다. 그 모습을 보며 자라서인지 아이들도 같은 습관을 가지고 있다. 아이들은 부모의 삶을 유산으로 물려받는다고 생각한다. 그래서 행동과 습관을 바르게 가지려 늘 노력한다.

중심을 잡고 살아가기 위해

보기 좋고 값싸고 맛있고 예쁘고 풍성해 보이는 것들이 세상에 너무 많다. 이런 것들은 사람의 말초적인 신경을 자극해 마음을 흔들어 놓는다. 유혹에 빠지면 내 의지대로 살기 힘들다. 그래서 중요한 것이 '삶의 원칙'과 '본질'이다.

나는 물건을 구매할 때 원칙이 있는데, 싸다고 무조건 사지 않는 것이다. 살 때는 조금 비싸더라도 질 좋은 상품을 찾는다. 시간이 지나면 지날수록 훨씬 경제적이고 효과적인 선택이었음을 깨닫는다.

아이들 옷도 한 번 사서 세 딸이 모두 입었다. 이제 그 옷의 일부는 손녀가 입고 있으니 또 다른 느낌이다. 가구도, 가전제품도 가능하면 오래 쓸 수 있는 것을 선호한다. 첫째는 어릴 때 쓰던 가구를 지금도 쓰고 있다. 책상에 쓴 '학교가기 싫다'는 낙서도 그대로 있다. 지금 타고 다니는 차는 벌써 13년이 되었고, 20만 킬로미터를 뛰었다. 보는 사람들은 사고라도 날까 걱정이라지만 이제는 내 몸의 일부가 되어서 버릴 수 없을 것 같다.

'본질'은 변하지 않는다. 물건을 살 때도, 친구를 사귈 때도, 학교를 선택할 때도, 결혼도. 본질을 알고 그에 따라 선택하면 후회할 일이 없다.

필요가 아니라 사랑과 존중으로 맺는 관계

공연을 준비할 때는 함께 하는 스태프의 역할이 중요하다. 조명, 무대 디자인, 영상, 사진, 음악 등 많은 사람들의 손길이 모여 하나의 작품이 만들어진다. 모두가 전문가이다 보니 작업을 하는 동안 마음이 상할 때도 있고, 문제도 생긴다. 하지만 나는 몇 번 마찰이 있었다고 사람을 쉽게 바꾸지는 않는다. 그 또한 서로를 알아가는 과정이라 생각하고 진실한 관계로 발전하기를 믿고 기다린다.

시간이 지나고 결국 헤어지는 관계도 있지만, 대부분 신뢰가 생기면 오랜 동반자로서 함께할 수 있다. '필요'가 아니라 '존중'과 '사랑'으로 맺는 관계, 그것 또한 우리 삶을 영원히 비춰줄 수 있는 등불이다.

좋은 관계 속에서 사는 것은 아주 큰 복이다. 이제 사회생활을 시작한 세 딸에게도 좋은 관계를 맺기 위한 조언을 많이 하고 있다. 나의 말을 많이 하기보다 남의 말에 귀를 기울이고 욕심과 기대를 버리라고 말한다. 때로는 손해를 감수하고라도 상대를 품어주어야 할 때도 있음을 알려준다.

모든 것이 변하는 이 세상에서 변하지 않는 것은 결국 '사랑'이 아닐까. 우리 부부가 이 세상을 떠나는 순간에 돈 대신 아이들에게 물려주고 싶은 것은 '부모의 따뜻한 사랑'이다. 우리 가족을 알고 있는 모든 사람들에게 남기고 싶은 것도, 봉사 활동을 통해 만난 지구 반대편에 사는 이들에게 주고 싶은 것도 결국은 '사랑'이다.

아이들은 우리에게 물려받은 사랑을 자기 자식들에게, 또 이웃에게 전할 것이다. 우리 가족으로 인해 사랑을 경험한 사람들은 그 아름다운 마음을 또 다른 곳에서 나눌 것이다. 불안하고 알 수 없는 이 세상을 현명하게 살기 위해 우리는 사랑에 더 깊이 빠져야 한다.

혼자만 잘살면
무슨 재미야

아이들을 키우면서 유대인
의 육아법을 많이 참고했다. 유대인의 문화 중에서도 특
히 우리 아이들에게 가르치고 싶은 것이 기부와 자선 문
화였다. 유대인은 부자나 가난한 사람이나 기부가 생활화
되어 있다. 그들은 내가 세상을 사는 동안 얻는 물질은 내
것이 아니며, 잠시 빌려 쓰는 것이라 생각한다. 내가 움켜
쥐고 있으면 누군가는 부족할 테니 가진 것의 일부를 흘
려보내는 것은 당연하다. 그래서 유대인들은 자선과 기부
를 선택 아닌 의무로 여긴다.

우리나라에는 아직 이런 문화가 뿌리내리지 못했다. 기

부나 자선은 특별한 사람이나 돈이 많은 사람들만 할 수 있는 일이라고 생각하는 것 같다. 사회적인 분위기가 조성되지 않았다고 휩쓸릴 것이 아니라 우리 가족이라도 먼저 나서자는 마음이 있었다. 그래서 아이들이 어릴 때부터 봉사 활동을 함께 했고, 도움이 필요한 아프리카와 동유럽 학교들과는 자매결연을 했다.

독일인들은 근검절약 정신이 투철하다. 하지만 남을 돕는 일에는 돈을 아끼지 않는다. 미국의 명문 학교들도 학생을 뽑을 때 사회공헌활동을 얼마나 했는지 중요하게 본다고 한다. 시험 성적을 올리는 데 에너지를 모조리 쓰기보다 자신의 능력을 활용해서 어떻게 타인을 도울 지 고민하는 학생이어야 고등 교육도 의미 있다는 생각에서다.

겉모습만 치장하는 우리 교육

우리나라 교육 현장에서는 치열한 경쟁 탓에 타인에 대한 배려나 베푸는 삶을 가르칠 시간이 없다. 열심히 공부해서 좋은 대학 들어가 좋은 스펙을 쌓게 하는 데만 돈과 시간을 쓰고 있다.

사회에서 원하는 스펙을 쌓기 위해서는 돈이 많이 든다. 자격증도 따야 하고 시험도 봐야 하고, 다양한 경험도 해야 한다. 전문성을 갖추기 위한 것이 아닌, 개수를 채우기 위한 경쟁적인 활동이다. 그런 학생들을 볼 때마다 안타깝다. 얼마 전에는 이런 일이 있었다.

진짜 자기의 모습을 찾고 싶다며 스물일곱 살의 여대생이 무용단을 찾아왔다. 부모님이 모두 전문직에 종사하시고, 서울에 있는 좋은 학교 졸업을 앞둔 소위 '괜찮은 스펙'을 가진 아이였다. 늦었지만 엄마의 계획대로 살던 삶을 벗어나 자신의 길을 가려 한다고 했다. 그 첫 걸음으로 몸과 마음을 자유롭게 하기 위해 무용을 시작하겠다는 것이었다. 그런데 며칠 뒤 아이의 엄마로부터 전화가 왔다.

"걔가 대체 왜 그러는지 모르겠어요. 이제 졸업하고 취직만 하면 되는데, 제가 요즘 잠을 못 잔다니까요!"

"아이가 스스로 내면을 채우려는 거예요. 잠시 지켜보셔도 될 것 같아요."

"그 무용단에는 어떤 애들이 있어요? 질이 안 좋은 아이들이 드나드는 건 아니겠죠? 참, 그건 그렇고. 선생님, 아이가 그 나이에 무용을 시작해도 가능성이 있나요?"

"어머니, 저희가 하는 것은 입시 무용이 아닙니다."

말문이 막혔다. 모든 것을 시험, 성적, 다음 단계로 가기 위한 스펙 쌓기로 여기는 그 상황이 한편으로는 이해가 가면서도 그런 상황 아래 사는 수백만 명의 아이들이 얼마나 숨 막힐까 하는 생각이 들었다.

요즘 20대와 30대는 기형처럼 변하고 있다. 과잉 경쟁, 불투명한 목표, 지나친 안정 추구가 그 원인이다. '나만의 차별성을 찾아야 한다.'고 말하면서 그 차별성마저도 따라하고 있다. 이런 환경에서 "왜 넌 남들과 똑같이 스펙만 가지려고 해? 왜 다르게 살지 않아?"라고 함부로 말하는 것은 폭력이다. 주변 사람들은 성공으로 향한 정해진 길, 안정적인 길을 가는데 나만 다른 길로 가려니 두려운 마음도 이해한다. 하지만 언제까지 남들의 시선을 의식하며 남들처럼, 세상의 규칙대로만 살 수는 없다. 살면서 한 번쯤은 인생을 건 반항이 필요하다.

나도 두려움이 몰려올 때가 많았다. 아이들을 학교에 보내지 않기로 결정했을 때, 어린 나이에 혼자 외국에 보내기로 했을 때, 흔들리며 한 발짝씩 나아가는 아이를 지켜볼 때 늘 고민과 걱정이 앞섰다. 하지만 한편으로는 남들과 같아지는 것에 대한 저항감도 있었다. '왜 꼭 남들처럼 해야 돼? 우리 세 아이들만 봐도 각자 다른 기질을 타고났는데, 인생을 사는 법이 여러 가지면 왜 안 돼?'하는 오기가 발동했다. 무엇보다 우리 사회에서 사람을 평가하는 잣대를 그대로 받아들일 수가 없었다.

우리나라의 부모와 아이들이 겉보다 내면을 채우는 데에 시간을 썼으면 좋겠다. 겉은 세월이 지나면 변하고 의미도 퇴색되지만 내면은 시간이 지날수록 가치가 더해진다. 아이들이 내면이 알찬 어른으로 성장할 수 있도록 나눔과 배려를 알려주어야 한다. 그리고 그러한 마음이 겉으로 잘 표현되도록 기부 습관도 길러주어야 한다.

공정하고 평등한 사회를 위해 할 수 있는 일

우리나라에서 장애인도 평등한 삶을 누리려면 더 많은 노력이 필요할 것 같다. 선진국에 가 보면 장애인에 대한 차별 의식이 거의 없다. 장애인 보호 장치와 차별 금지 제도가 아주 잘 마련되어 있기에 장애를 가진 사람들도 당당하게 살고, 생활하는 데도 큰 불편함이 없다. 사회 활동

기회도 공평하게 주어진다. 우리나라는 장애인 배려 시설이 턱없이 부족하고 사회적인 편견도 아직 큰 편이다. 휠체어를 타고 도로를 다녀 보면 얼마나 불편한가를 몸으로 느낄 수 있다. 경제적으로 풍부해지고 물질적인 여유는 생겼지만 사람을 향한 본질적인 사랑을 실천하기까지는 아직 갈 길이 멀다.

환경 탓인지 우리 아이들은 소외된 이들과 함께 하는 것을 별스럽지 않게 여긴다. 봉사 현장에서도 그렇지만 무용단 연습실, 내가 진행하는 작품들에서도 쉽게 장애인을 만난다. 그들을 통해 삶의 의지를 엿보고 오히려 많은 자극을 받는다고 아이들은 말한다.

최근 무용단에 몽골 출신 무용수 2명과 라오스 출신 무용수 2명이 들어왔다. 이들과 5개월간 함께 훈련하는 프로젝트를 하고 있는데, 본국으로 돌아가 현대무용을 가르치는 선생님이 되겠다는 목표를 가지고 열심히 한다. 말은 잘 통하지 않지만 손짓 발짓으로 설명을 하며 기초부터 하나씩 가르치고 있다.

네 명의 무용수가 온몸으로 뿜어내는 열기가 대단하다. 소원하던 일을 드디어 하고 있다는 기쁨이 느껴진다. 그들의 열정에 전염된 듯 나도 덩달아 온 힘을 다한다. 누군가에게 도움을 줄 수 있고, 함께할 수 있는 일이 있어 감사하다.

좀 더 나은 세상을 위한 일이 꼭 거창할 필요는 없다. 그 어떤 샐러리맨이 뉴스에 나올 만큼 큰돈을 기부할 수 있을까? 지금 나의 자리에서 할 수 있는 것을 하면 된다. 각자 자기 몫만큼의 나눔만 실천해도 세상은 완전히 달라질 것이다.

겉은 풍요롭지만 속은 빈곤한 사람이 되지 않도록

등산을 해보면 혼자 힘이 있다고 뒤도 돌아보지 않고 먼저 가버리는 사람이 있다. 반면 뒤처지는 사람을 챙기며 알아서 속도를 조절하는 사람도 있다. 대화를 할 때도, 숨도 쉬지 않고 자기 말만 쏟아내는 사람이 있는 반면 상대의 말을 편안히 들으며 필요한 말만 하는 사람이 있다. '배려'의 차이다. 나 혼자만, 우리 가족만 사는 세상이 아니다. 나의 욕심을 조금 줄이고 함께 행복할 수 있는 방법을 궁리해야 한다.

우리 사회에는 존경할 만한 인물이 많지 않다. 특히 현대의 대한민국에는 자신 있게 존경을 표할 인물이 거의 존재하지 않는다. 자식에게 부를 대물림하기 위해 온갖 수를 쓰는 것이 아니라, 후대가 더 좋은 세상에 살 수 있게 애쓰는 기업가를 보고 싶다. 자기의 이익이 아니라 나라의 미래를 위해 회생하는 정치가, 사회의 밝음을 유지하기 위해 투신하는 예술가들이 나타나길 원한다. 겉모습이 풍요해진 만큼 속도 알찬 사람들이 사회의 리더로 섰으면 좋겠다.

나는 부자가 되고 싶다. 그러나 부와 명예를 자랑하는 부자가 아닌 공동체가 발전하는 데 기여하는 부자가 되고 싶다. 어쩌면 각자가 가진 재능으로 공동체의 선을 추구하는 우리 가족은 이미 부자인 지도 모르겠다.

아이에게
무엇을 물려줄 것인가?

　　　　　　　　　　"한국은 침실, 중국은 부엌,
몽골은 거실, 독일은 서재. 나는 지금 서재로 간다."

　첫째가 독일로 유학가면서 싸이월드 메인화면에 남긴
글이다. 여러 나라를 경험하고 각 나라 사람들이 가진 세
계관을 집에 빗대어 표현한 것인데, 짧은 문장이었지만
아이의 통찰이 담겨 있었다. 글에서 다짐한 대로 첫째는
독일에서 지식과 지혜를 품고 돌아왔다.

　자녀 교육에서 뿌리가 되는 것이 '세계관'이다. 지금 나
는 세상을 어떤 눈으로 바라보고 있는가? 아이에게 나의
세계관을 물려줄 것인가, 혹은 새로운 세계관을 심어줄

것인가? 내가 왜 사는지, 무엇을 위해서 사는지 알지 못하는 어른도 많다. 세계관이 없는 부모, 잘못된 세계관을 가진 부모는 자녀를 훌륭하게 키울 수 없을 것이다.

자녀에게 삶의 목적과 목표를 보여주지 않는 사람. 그래서 자녀가 어떤 삶을 살아야 하는지, 다른 사람들에게 어떻게 평가받아야 하는지를 가르칠 수 없는 사람은 아무리 재산이 많아도 자식 농사에 실패할 수밖에 없다.

인터넷에서 이런 글을 보았다.

미국 부모는 "공부 열심히 해서 사회에 꼭 필요한 사람이 되라. 남에게 도움 주는 사람이 되라."고 가르치고,

일본 부모는 "공부 열심히 해서 남에게 피해주지 않는 사람이 되라."고 가르치고,

한국 부모는 "공부 열심히 해서 남에게 꿀리지 마라. 남을 이겨야 한다."고 가르친다.

부모들의 잘못된 세계관이 아이를 '자기밖에 모르는 사람'으로 만든다. 우리 아이 기죽이지 않으려고 필요 없는 것도 사주고, 친구들보다 비싼 학원에 보낸다. 다소 과장된 측면이 있지만 세 나라 부모의 성향을 보며 지금 우리

나라의 국민성이 드러나는 것 같아 낯이 뜨거웠다. 나도 어쩔 수 없는 한국 부모여서 마음을 다잡아야 할 때가 종종 있었다.

첫째가 유치원 다닐 때 일이다. 잠자는 아이의 머리를 쓰다듬어주다가 귀에 피멍이 든 것을 발견했다. 너무 놀라 자는 아이를 깨웠다.

"예은아, 너 귀가 왜 이래? 어디서 다쳤어?"

"…"

아이는 아무 말도 하지 않았다. 여러 번 물어도 답이 없어 혼내지 않을 테니 말을 하라고 다그치니 유치원의 같은 반 친구가 깨물었다고 했다.

"엄마, 걔네 집에 전화해서 혼내줄 거예요?"

오히려 딸은 내가 그 아이에게 뭐라고 할까 봐 걱정하고 있었다. 어떻게 할지 고민됐다. "너도 가서 한 대 때리고 귀를 물어버려!"라고 하면 속이 시원할 것 같았다. 부모의 마음이란 게 다 같아서 아이가 친구들에게 따돌림을 당하거나 밖에서 맞고 오면 속상하고 되갚아주고 싶다. 하지만 아이는 그렇지 않았다.

지금 내가 하는 말이 앞으로 아이의 행동을 좌우할 수 있겠구나 생각하니 함부로 말할 수가 없었다. 고민하던 나는 결국 속마음과 완전히 다른 말을 했다.

"예은아, 앞으로 누가 때리면 가만히 있지 말고 '때리지 말고 말로 해!'라고 큰소리로 혼내줘. 그래야 다음에 또 똑같은 이유로 다치지 않지."

이렇게 험한 세상을 착한 마음으로 살아갈 수 있을까 싶었지만 성경의 '오른 뺨 치거든 왼 뺨도 내밀어라.'라는 말씀이 기억나 그렇게 얘기할 수밖에 없었다.

세계가 우리의 무대야

나와 남편은 아이들이 '편견과 한계가 없는 열린 세계관'을 가지길 원했다. 활동 영역을 넓게 가지고 자신을 필요로 하는 곳에는 어디든 달려갈 수 있는, 쓰임이 많은 사람으로 자랐으면 했다.

넓은 시각을 가지라는 의미에서 아이들이 어릴 때부터 벽에 세계지도를 걸어놓았다. 아이들은 지도를 보면서 자기 영역을 표시했다. 누구는 러시아, 누구는 베트남, 또 누구는 아프리카. 자기가 가고 싶은 나라를 정하고 공부할 언어도 배정했다. 대륙과 바다, 나라 이름을 누가 더 많이 외우고 있는지 내기하거나 나라를 주제로 서로 퀴즈를 내며 놀았다. 한때 셋째는 '이름이 긴 나라'에 푹 빠져 난생 처음 듣는 희귀한 나라에 대해 한참을 설명하곤 했다.

세계지도를 끼고 자란 아이들은 우리나라와 외국의 경계가 없었다. 다른 지방에 가면 그 동네 말을 듣고 따라하듯 외국어를 배웠고, 낯선 문화에도 금방 적응했다. 외국인을 처음 만나도 이웃 사람을 대하는 것처럼 어색함이 없었다.

첫째가 한국으로 돌아오기 전, 세 딸은 처음으로 독일에서 같이 여행을 했다. 그런데 이동하는 기차에서 관광객들 때문에 너무 피곤했다고 한다. 세계 각국의 사람들이 자기네 언어로 대화를 하는데 아이들 귀에는 그게 다 들렸던 것이다.

"엄마는 영어도 잘 못하는데, 너희는 좋겠다!" 하고 부러움 섞인 투정을 부렸더니 웃으며 "고마워요, 엄마. 우리의 눈과 귀를 열어줘서." 한다.

셋째는 독일에서 지리학을 공부하다가 휴학을 하고 1년간 터키에서 언어 공부를 했다. 터키어는 우랄 알타이어로 어순이 한국어와 비슷해서 우리나라 사람들은 빨리 배울 수 있다고 한다. 터키에서 고대 유적도 조사하고, 친구도 사귀고. 또 통역 일도 하며 알찬 시간을 보낸 뒤에 다시 독일로 돌아갔다. 터키에서 독일어를 잘하면 아주 대우가 좋고 사람들이 호감을 가진다고 했다. 그래서인지 셋째는 유난히 터키라는 나라에 애정을 가졌다. 방학 때마다 한국에 오지 않고 터키로 가버려서 2년이 넘도록 얼굴도 보지 못했었다.

둘째는 독일에서 학교를 졸업하고 1년 동안 세계 여행을 한 뒤에 한국으로 돌아왔다. 지금은 벨기에와 독일, 한국을 오가며 작품 활동을 하고 있다. 둘째는 시리아 난민에 대한 관심이 높아서 한국에 있으면서도 BBC뉴스를 챙겨보며 늘 가슴 아파 했다. 곧 독일로 가서 그곳에 있는 난민들을 만나 그들의 이야기를 소재로 작품을 만들 계획을 하고 있다.

보고 듣는 것이 전부다

아이들이 성장하는 모습을 보며 경험이 얼마나 중요한

것인지 새삼 깨닫는다. 장난감 살 돈, 집 평수를 늘릴 돈, 가전제품을 바꿀 돈, 휴가 갈 돈을 아껴 방학 때마다 오지를 다니며 겉으로 드러나지 않은 세계의 속살을 보여주었다. 아이들이 방학 때 있었던 일을 이야기하면 친구들은 "왜 너희 가족은 유명한 곳은 안 가고 남들 안 가는 이상한 곳만 다니니?"라고 물었다고 했다.

러시아를 가도 소수 민족들이 사는 마을에서 지냈다. 몽골에서도, 베트남에서도, 필리핀에서도 오지에 가까운 시골 마을을 다녔다. 이런 곳을 다니면서 깨달은 것은 '관점에 따라 사람과 세계를 다르게 볼 수 있다.'는 점이다. 러시아 시내의 화려한 모습만 본 사람은 변방 소수 민족들의 아픔을 알 수 없다. 필리핀 오지 마을의 처참한 모습을 보지 못한 사람은 필리핀을 '해변이 아름다운 나라'로만 기억할 것이다.

잘 가꿔진 관광지만 다니면 스쳐가는 사람밖에 되지 못하지만, 이면을 볼 줄 알면 그곳에서 내가 할 일을 찾을 수 있다. 다른 관점을 가지면 살면서 할 일이 훨씬 많아진다.

우리 가족을 보고 무슨 재미로 사느냐고 묻는 사람들

이 있다. 너무 모범생 같이 산다는 뜻인 것 같다. 아이들이 자랄 때 휴양이나 관광을 목적으로 여행해 본 적이 거의 없다, 주말에는 의료 봉사, 주일에는 교회에 가느라 놀러 다니지도 못했다. 외식도 자주 하지 않는다. 집에서는 각자 자기만의 시간을 보낸다. TV도 없으니 저녁 식사를 하기 전까지 집안은 아주 조용하다. 밥을 먹으면서 각자의 관심사에 대해 이야기하고, 디저트를 먹으면서 오늘 있었던 일들을 듣는다. 조용하고 평화롭지만 충만한 생활이다.

세상에는 재미있는 것도 많고, 보고 싶은 것도 많다. 하지만 보고 싶은 것 다 보고, 하고 싶은 것 다 하며 사는 사람은 세상에 단 한 명도 없을 것이다. 돈이 많아도 인간이 할 수 있는 일은 한계가 있다. 그러면 우리는 평생 만족스러운 삶을 살 수 없을까? 소비적인 관점에서 본다면 그럴 수밖에 없다. 하지만 세상을 넓은 시야에서 바라보면 지금의 삶도 충분히 만족하며 감사하게 살 수 있다. 그래서 세계관이 중요하다. 내가 어디를 향해 가야 하는지, 무엇을 위해 사는지 질문할 때 나침반이 되어주기 때문이다.

결혼의
조건

탈무드에 '결혼식에서 연주되는 음악의 기세는 군악대의 그것과 같다.'라는 말이 있다. 몇 십 년 다른 환경과 가정에서 자란 사람 둘이 가정을 일구는 과정은 전쟁과 같을 지도 모른다. 서로 싸우고 상처 입으며 동지애를 키울 것이다. 그리고 나이가 들면 부상병처럼 서로 위로할 것이다.

어느덧 우리 부부가 결혼한 지도 30년이 되었다. 남편과 살면서 존중과 인정, 기다림을 배웠다. 남편과 나는 살아온 길이 전혀 달랐다. 처음에는 이것이 다툼의 원인이 되었지만, 시간이 지나면서 같은 것을 보더라도 다르게 해석할 수 있어 오히려 도움이 되었다.

　나 역시 어렸을 때는 동화에서 봐온 것처럼 왕자님 같은 완벽한 남자와 결혼해 영원히 행복하게 잘 살 것이라는 환상을 가지고 있었다. 그러나 결혼은 현실이고 삶이었다. 결혼은 행복을 얻을 기회를 줄 뿐, 행복을 주지는 않는다. 부부가 힘을 합쳐 화목한 가정을 만들고, 경제적 안정을 이루기 위해 노력해야 한다. 나와 맞는 배우자를 찾았다고 기뻐할 일이 아니다. 서로 상대에게 어울리는 사람이 되도록 끊임없이 노력해야만 행복한 결혼생활을 할 수 있다.

인연은 따로 있다더니

　1983년에 남편을 처음 만났다. 당시까지만 해도 나는 독신주의자였다. 예술 활동을 계속 하려면 가정을 갖기 힘들 것이라고 단정하고, 오로지 춤에만 몰두했다. 나이가 들어도 작품 활동을 하고 대학에서 후배들도 양성하는 무용가가 되고 싶었다.

남편을 만나면서 '눈에 콩깍지가 씐다.'는 말이 어떤 것인지 알게 되었다. 남편은 키가 작은 편인데 그런 것이 하나도 거슬리지 않았다. 어린 나이였는데도 외모보다는 빛나는 내면이 더 마음에 들어왔다. 남편과 부부의 연을 맺은 것은 나의 인생에서 가장 잘한 선택이다. 이 생각은 30년이 넘은 지금도 변함없다.

종종 나는 남편에게 '당신은 정말 행복한 사람'이라고 말한다. 요즘 같은 세상에 아내에게 존경받는 남편이 어디 흔하냐고, 가장 가깝지만 마음을 얻기 어려운 배우자의 사랑을 듬뿍 받으니 얼마나 행복하냐고 말이다.

큰딸의 결혼을 준비하며 두 얼굴을 발견하다

큰딸이 2015년에 결혼을 했다. 유학을 마치고 얼마 안 되어 남자친구가 생긴 것이었다. 그때 나의 또 다른 다른 모습을 보게 되었다. 아이가 남자친구를 사귀고 연애하는 것은 당연한 일이었는데 왜 그렇게 섭섭하던지, 그 사실을 받아들이지 않으려 했다. 나는 상대가 누군지도 알아보지 않고 무조건 탐탁지 않게 여기고 있었다.

하루는 딸이 남자친구를 집에 초대해서 밥을 먹자고 했는데 단호하게 거절했다. 그냥 남자친구라면 가족에게 굳이 소개할 필요가 있겠냐고, 나중에 결혼할 사람이 정해지면 그때 데려오라고 말했다. 생각지 못한 틈에 불쑥 튀어나온 나의 두 얼굴이었다.

딸은 나의 말에 실망한 눈치였다. 독일에서는 이렇게 이성친구의 집에도 자주 가고 하는데 엄마를 이해할 수 없다고 했다.

그때 왜 그렇게 반응했을까 가만 생각해보니 내 마음 깊은 곳에 딸을 특별하게 여기는 마음이 있었던 것 같다. 어릴 때부터 영특함을 보였던 큰딸이 평범하지 않게 살았으면 하는 기대를 나도 모르게 하고 있었나보다. 하지만 아이는 정말 소박하고 평범하게 사는 게 꿈이라고 했다. 아이는 자기가 뜻한 대로 평일에는 병원에서 최선을 다해 일하고, 주말에는 복지 기관을 다니며 봉사를 했다. 추운 겨울 날씨에 종일 찬물에 손을 담그고 할머니 할아버지들을 위해 밥을 했다. 독일에서도 일을 많이 해서 지문이 다 닳았다고 했는데, 한국에 와서는 좀 쉬었으면 하는 것이 나의 솔직한 마음이었다.

사람의 마음이 얼마나 이중적인지, 10년간 떨어져 지냈던 딸이 내 품으로 돌아오니 그동안 주지 못했던 사랑을 한꺼번에 주고 싶은 마음이 생겼었나보다. 나는 절대 아니라고 생각했던 엄마들의 모습을 어느새 닮아가고 있었다.

큰딸과 나는 어쩌면 서로 다른 계획 속에서 살고 있었는지도 모르겠다. 나는 첫째를 보면서 '이렇게 잘 자랐고, 평생 할 수 있는 일까지 찾았으니, 그 다음에는 무엇이 있을까?' 기대했다. 하지만 딸은 사회에서 자리를 잡았으니 이제 가정을 꾸리고, 아이를 키우며 평범하면서도 단란한 일상을 만들어가는 두 번째 인생을 준비하고 있었다.

어느 날 아이가 진지하게 말했다.

"엄마, 저는 지금 엄마의 모습이 당황스럽고, 사실 좀 실망스러워요. 지금까지 우리 세 자매를 키우셨던 모습과 너무 달라서요."

"그래, 나도 나에게 이런 모습이 있는 줄 몰랐어. 나도 이런 내가 놀랍다."

믿고 사랑했던 첫째의 '실망스럽다'는 말이 머릿속에 깊이 새겨졌다. 딸과 처음으로 불편함을 느끼고 어색한 시간을 보내며 진지하게 나를 돌아보았다. 내가 무엇을 바라고, 무엇을 두려워하는지. 큰딸에 대한 사랑과 기대가 넘쳐서 혹시 내가 바라는 삶을 강요하고 있던 건 아닌지. 인생의 가장 큰 선택인 결혼을 부모가 결정하려 든 것은 아닌지 반성했다.

만약 친구가 이런 상황이 되어 나에게 상담을 했다면 "딸이 원하면 결혼시켜야지."라고 쉽게 말했을 것이다. 그러나 나의 일이 되자 갈등하는 모습을 보면서 내면에 다른 욕심이 있었음을 알게 되었다. 아이가 정말 원하는 삶을 살 수 있도록, 아이의 선택을 받아들이고 인정해야 했다. 지금까지 그래왔던 것처럼 첫째는 자신이 행복할 수 있는 길을 선택했을 테고, 자신의 선택에 책임감을 갖고 살아갈 것이다.

결혼하는 과정보다는 결혼생활에 집중하기

언젠가 남편이 이런 말을 한 적이 있다.

"혼자 살 자신이 없는 사람은 결혼도 하지 말아야 해요. 독립심과 책임감 없이 상대에게 의지하려는 마음만으로 결혼을 하면 절대로 행복하게 살 수 없어요."

나도 남편의 말에 동의한다. 배우자에게 의지하고, 내가 하기 싫은 일을 대신 해주기를 바라고, 도움을 받으려고만 들면 결혼생활이 힘들 것이다. 부부는 인생의 파트너이자 동료임을 기억해야 한다. 서로를 존중하고, 서로 부족한 부분을 채워주면서 동반자로서의 역할을 해나가야 한다.

결혼을 하면 배우자로서의 역할뿐 아니라 부모로서의 역할도 생각해보아야 한다. 부부는 서로를 사랑하며 가정의 화목을 위해 최선을 다하면서 자녀들에게 본보기를 보여야 한다. 부부 관계를 통해 아이들에게 사랑을 가르칠 수 있다면 더없이 좋을 것이다.

그런데 부모와 자녀 간에 어떻게 사랑을 표현해야 되는지 잘 모르는 이들이 많다. 특히 우리나라의 아빠들은 아직도 유교적인 문화에서 완전히 벗어나지 못하고, 가부장적이고 권위주의적인 모습을 보이는 경우가 많다. '마음은 있는데, 제대로 표현할 줄 몰라서…'라는 말은 핑계일 뿐이다. 나부터 변하려고 노력하고 실천하면 못할 것이 없다.

우리나라 가정에서 사랑을 대체하는 건 물질이다. 물질

로 배우자의 환심을 사고, 물질로 자녀의 학습 동기를 이끌어내려 한다. 하지만 물질이 가져다주는 행복은 일시적이다. 진짜가 아니다. 물질로 사랑을 배운 아이들은 어른이 되어서도 같은 방법으로 사랑을 표현하게 될 것이다. 부모로서 아이에게 사랑을 주는 방법에 대해 진지하게 고민해보아야 한다.

아이들이 어렸을 때 우리 부부가 선포한 것이 있다. '결혼할 때 금전적인 도움은 전혀 줄 수 없다.'는 것이었다. 대신 세상을 보고 배울 시기에 아낌없이 투자해주겠다고 했다. 경험과 지혜를 갖추어 스스로 세상을 살아갈 눈을 가지고, 자기와 맞는 배우자를 찾고, 앞으로의 삶을 스스로 설계하라는 뜻이었다.

이제 우리 부부는 아이들이 그런 삶을 살아갈 수 있게 뒤에서 조용히 응원하려 한다. 부모이기에 가질 수밖에 없는 욕심을 버리고, 아이를 믿고 맡기는 '풀러섬'의 미덕이 필요한 순간이다.

이제 아이들에게 배웁니다

"엄마는, 우리를 이렇게 자유롭게 키워놓고!"

요즘 부쩍 이 말을 자주 듣는다. 무슨 문제가 발생할 때마다 아이들이 실눈을 뜨고 나를 타박하는 것이다.

이제 나는 50대 중반을 지나고 있다. 자유롭게 키운 아이들이 지금은 공부를 마치고 와 각자의 전공대로 일을 하고 있다.

큰딸은 아빠 직장, 둘째 딸은 엄마 직장에서 잠시 같이 일을 했는데 어느 순간, 아이들이 다른 직장으로 옮기겠다고 한다. 둘째야 공연하는 작품에 따라 거취를 옮길 수

밖에 없는 직업이니 그렇다 치지만, 아기를 낳고 아빠 치과에서 일하던 큰딸이 직장을 옮기겠다는 말은 잘 이해가 되지 않았다. 큰딸은 아빠랑 같이 있으면 언제나 아빠의 딸로서 보조 역할밖에 하지 못하는 것 같다면서 다른 곳에서 독립적으로 일하고 싶다고 했다.

엄마 아빠 입장에서는 딸이 지켜주는 것 같기도 하고 의지가 되는 느낌이었는데, 왠지 속이 상했다. 감정 표현을 잘 하지 않는 남편도 섭섭한 감정을 드러냈다.

그런데 우리의 말을 듣던 둘째가 "엄마, 나는 언니 이해해요." 한다. 자기가 내 밑에서 독립하려고 하는 것과 같다고, 자기 하고 싶은 일이 있을 테니 너무 섭섭해 하지 말라고 오히려 나를 위로했다.

맞다. 아이들은 그렇게 자랐고 교육을 받아 당연히 부모와 분리된 독립적인 삶을 꾸리려는 것인데, 돌고 돌아 이제 아이들을 품에 안은 부모는 그걸 섭섭하게 느끼고 있었던 것이다.

아이들이 어릴 때는 엄마 아빠를 보며 자랐지만 이제는 우리가 세 아이들을 통해 배우고 있다. 자유롭고 스스로 인생을 창조해 가는 아이들의 삶이 너무나 행복해보여 우리도 아이들처럼 살기를 원한다.

아이가 성인이 되면 독립시켜야 하는 것처럼, 부모도 아이로부터 독립하는 연습이 필요한 것 같다. 어느 날 둘째가 나에게 진지하게 말했다.

"엄마, 요즘에는 왜 제 말을 이렇게 잘 들으세요? 예전에는 내가 그 옷 별로라고 해도 마음대로 입고 나가셨는데, 이제는 바로 갈아입으시잖아요."

나이가 들수록 나도 모르게 아이들에게 자꾸 의지하게 된다. 옷을 입을 때도 아이의 의견을 묻고, 물건을 살 때도, 집안일을 결정할 때도 아이들에게 먼저 묻는다.

"너희도 이제 엄연한 성인이고, 젊은 너희 생각도 들어봐야 실수를 안 하지. 이제 엄마도 독불장군 아니야~."

머쓱해져서 둘러대지만 전과 다르게 아이들의 의견을 살피고 따르는 내 모습을 발견하게 된다.

많은 부모들이 아이에게 무언가를 바라면서 갈등이 시작된다는 것을 우리는 너무 잘 알고 있으면서도 막상 내 일이 되니 마음을 접기가 어려웠나 보다. 남편과 진지하게 '이제 우리의 독립을 준비할 때'라고 이야기했다. 남편도 첫째의 두 번째 독립을 통해 느낀 바가 있는지, 우리 부부의 두 번째 결혼생활을 시작하자고 한다.

삶을 통해 아이들을 가르쳤던 우리가, 이제는 아이들의 삶을 통해 배우고 있다. 그렇게 인생은 일직선이 아니라 둥글게 순환하며 익어간다.

우리는 초등학교만 다닌
치과의사 무용가 통역가
입니다

초판 1쇄 인쇄 2019년 3월 4일
초판 1쇄 발행 2019년 3월 11일

지은이 김형희

펴낸이 김남전
책임편집 박혜연 | 디자인 정란
마케팅 정상원 한웅 정용민 김건우 | 경영관리 임종열 김하은
콘텐츠 연구소 유다형 이정순 박혜연 정란

펴낸곳 ㈜가나문화콘텐츠 | 출판 등록 2002년 2월 15일 제10-2308호
주소 경기도 고양시 덕양구 호원길 3-2
전화 02-717-5494(편집부) 02-332-7755(관리부) | 팩스 02-324-9944
포스트 post.naver.com/ganapub1 | 페이스북 facebook.com/ganapub1
인스타그램 instagram.com/ganapub1

ISBN 978-89-5736-948-7 13810

※ 책값은 뒤표지에 표시되어 있습니다.
※ 이 책의 내용을 재사용하려면 반드시 저작권자와 ㈜가나문화콘텐츠의 동의를 얻어야 합니다.
※ 잘못된 책은 구입하신 서점에서 바꾸어 드립니다.
※ '가나출판사'는 ㈜가나문화콘텐츠의 출판 브랜드입니다.

※ 이 도서의 국립중앙도서관 출판시도서목록(CIP)은 서지정보유통지원시스템 홈페이지(http://seoji.nl.go.kr)와
국가자료공동목록시스템(http://www.nl.go.kr/kolisnet)에서 이용하실 수 있습니다.
(CIP제어번호: CIP2019003977)

가나출판사는 당신의 소중한 투고 원고를 기다립니다. 책 출간에 대한 기획이나 원고가 있으신 분은 이메일
ganapub@naver.com으로 보내 주세요.